Capodopere ale literaturii de pretutindeni
într-o colecţie a celor mai îndrăgite bestselleruri.

Anna Gavalda, *Je l'aimais*

www.polirom.ro

Editura POLIROM
Iași, B-dul Carol I nr. 4; P.O. BOX 266, 700506
București, Splaiul Unirii nr. 6, bl. B3A,
sc. 1, et. 1, sector 4, 040031, O.P. 53

Descrierea CIP a Bibliotecii Naționale a României:

GAVALDA, ANNA

O iubeam / Anna Gavalda; trad. de Constanța Ciocârlie. – Iași: Polirom, 2014

ISBN print: 978-973-46-4738-5
ISBN ePub: 978-973-46-4838-2
ISBN PDF: 978-973-46-4839-9

I. Ciocârlie, Constanța (trad.)

821.133.1-31=135.1

Printed in ROMANIA

ANNA
GAVALDA

O iubeam

Traducere din limba franceză
de Constanța Ciocârlie

POLIROM
2014

ANNA GAVALDA s-a născut la 9 decembrie 1970 în Boulogne-Billancourt. Mărturisește că își petrece în fiecare dimineață câte trei ore scriind „pentru adulții care trebuie să fie treziți din somn". În 1998 a câștigat trei premii întâi la trei mari concursuri de proză: Melun, Saint-Quentin și Issy-sur-les-Moulineaux. Un an mai târziu i-a apărut volumul de povestiri *Aș vrea să mă aștepte și pe mine cineva* (Polirom, 2006), ajuns la a douăsprezecea ediție, vândut în Franța în sute de mii de exemplare, tradus în treizeci și șase de limbi și distins cu Le Grand Prix RTL-*Lire* 2000. În februarie 2002 îi apare romanul *O iubeam*, cu un uriaș succes de public (peste 250.000 de exemplare vândute în primele opt luni de la apariție), iar în 2005, *Împreună* (Polirom, 2005, 2011, 2014), intrat imediat pe listele de bestselleruri din toată Europa. A mai publicat o carte pentru adolescenți, *35 de kilograme de speranță* (2002), *Cea care alină* (2008; Polirom, 2008), roman care analizează existența solicitantă și extenuantă a omului contemporan, *Minunata evadare* (2009) și *Billie* (2013).

Pentru Constance

— Ce spui?

— Spun că o să le duc. O să le prindă bine să plece puțin...

— Când, adică? a întrebat soacră-mea.

— Acum.

— Acum? Doar nu-ți trece prin cap să...

— Ba da, îmi trece.

— Bine, dar cum vine asta? E aproape unsprezece. Pierre, tu...

— Suzanne, eu cu Chloé vorbesc. Chloé, ascultă-mă. Am chef să vă duc departe de aici. Vrei?

— ...

— Crezi că e o idee proastă?

— Nu știu.

— Du-te și ia-ți lucrurile. O să plecăm când te-ntorci.

— N-am chef să mă duc acasă.

— Atunci nu te duce. O să ne descurcăm la fața locului.

— Dar tu nu...

— Chloé, Chloé, te rog... Ai încredere în mine.

Soacră-mea continua să se împotrivească:

— Asta-i bună! Doar n-o să treziți fetele acum. Casa nici nu e încălzită. Nu-i nimic acolo. Nimic pentru ele. Ele...

El se ridicase în picioare.

*
*   *

Marion doarme în scaunul mașinii, cu degetul mare în gură; Lucie, făcută ghem, e lângă ea.

Mă uit la socru-meu. Stă drept. Mâinile strâng volanul. N-a scos o vorbă de când am plecat. Îi văd profilul la lumina farurilor, când ne încrucișăm cu alte mașini. Cred că e la fel de nefericit ca mine. Că e obosit. Că e dezamăgit.

Îmi simte privirea.

— De ce nu dormi? Ar trebui să dormi, știi, ar trebui să-ți lași scaunul pe spate și să adormi. Avem încă drum lung de făcut.

— Nu pot, îi răspund, te veghez.

Îmi surâde. Dacă poate fi numit surâs.

— Nu... eu te veghez.

Și ne întoarcem la gândurile noastre.

Și îmi ascund plânsul în mâini.

Ne-am oprit în fața unei benzinării. Profit de absența lui ca să-mi verific mobilul.

Nici un mesaj.

Bineînțeles.

Sunt o tâmpită.

Sunt o tâmpită...

Deschid radioul. Îl închid.

Se întoarce.

— Vrei și tu să te duci? Vrei ceva?

Încuviințez.

Greșesc butonul, păhărelul se umple cu un lichid grețos pe care îl arunc imediat.

În magazin, cumpăr un pachet de pamperși pentru Lucie și o periuță de dinți pentru mine.

Refuză să pornească până nu-mi înclin spătarul.

*
* *

Am deschis ochii când a pornit motorul.

— Nu te mișca. Stai aici cu fetele cât mai e cald. Eu mă duc să bag în priză radiatoarele din camera voastră. O să mă întorc să vă iau.

Iar m-am rugat de mobil.
La patru dimineața...
Sunt o tâmpită.

Imposibil să mai adorm.

Suntem toate trei culcate în patul bunicii lui Adrien. Cel care scârțâie îngrozitor. A fost al nostru.

Făceam dragoste mișcându-ne cât mai puțin.

Toată casa știa când mișcai o mână sau un picior. Îmi amintesc de aluziile Christinei când am coborât în cea dintâi dimineață. Roșeam deasupra ceștilor și ne țineam de mână pe sub masă.

Învățasem lecția. O făceam cât se putea de discret.

Știu că o să se întoarcă în acest pat cu alta și că și cu ea o să scoată salteaua asta groasă și o s-o trântească pe jos când n-or să mai rabde.

Cea care ne trezește e Marion. Își pune păpușa să alerge pe plapumă în timp ce povestește o istorioară cu acadele care-și iau zborul. Lucie îmi atinge genele: „Ochii ți-s lipiți de tot".

Ne îmbrăcăm sub așternut pentru că e prea frig în cameră.

Patul care geme le face să râdă.

Socru-meu a aprins focul în bucătărie. Îl zăresc în fundul grădinii, căutând butuci în șopron.

E prima dată când sunt singură cu el.

Nu m-am simțit niciodată în largul meu în compania lui. Prea distant. Prea tăcut. Și pe urmă, tot ce mi-a spus Adrien despre el, greutatea de a crește sub privirile lui, asprimea lui, furiile lui, chinul școlii.

La fel și cu Suzanne. N-am văzut niciodată nimic afectuos între ei. „Pierre n-o prea arată, dar știu ce simte pentru mine", mi-a mărturisit ea într-o zi, când vorbeam despre dragoste în timp ce desfăceam păstăile de fasole.

Dădeam din cap, dar nu înțelegeam. Nu-l înțelegeam pe acest om care se menaja și își înfrâna pornirile. Să nu arăți nimic de teamă să nu te simți slab, n-am putut să pricep niciodată așa ceva. La noi acasă schimbi mângâieri și sărutări așa cum respiri.

Îmi amintesc de o seară furtunoasă în bucătăria asta... Cumnata mea Christine se plângea de profesorii copiilor ei, îi făcea incompetenți și mărginiți. De aici, conversația a alunecat spre educație, în general, și apoi spre a lor, în particular. Vântul își schimbase direcția. Pe nesimțite. Bucătăria se transformase în tribunal. Adrien și sora lui, în procurori, iar în boxa acuzaților se găsea tatăl lor. Ce momente penibile... Și măcar dacă s-ar fi produs explozia, dar nu. Acreala fusese refulată, și marea ciocnire evitată. Se mulțumiseră cu câteva împunsături ucigașe.

Ca întotdeauna.

De altfel, cum ar fi fost cu putință așa ceva? Socru-meu refuza să coboare în arenă. Asculta observațiile acerbe ale copiilor lui, fără să le răspundă vreodată. „Cârtelile voastre trec peste mine ca apa peste penele gâștii", conchidea totdeauna surâzând, înainte de a se retrage.

De data asta, totuşi, discuţia fusese mai aspră.

Îi văd şi acum faţa crispată şi mâinile strângând carafa de apă de parcă ar fi vrut s-o spargă sub ochii noştri.

Îmi închipuiam toate vorbele pe care nu le va spune niciodată şi încercam să pricep. Ce anume înţelegea el? La ce se gândea când era singur? Şi cum era în intimitate?

În disperare de cauză, Christine se întorsese spre mine:

— Şi tu, Chloé, ce crezi despre toate astea?

Eram obosită, voiam ca seara aceea să se termine odată.

Mă săturasem de poveştile lor de familie.

— Eu... am spus îngândurată, eu cred că Pierre nu trăieşte printre noi, vreau să zic nu cu adevărat, cred că e un soi de marţian rătăcit în familia Dippel...

Ceilalţi au dat din umeri şi şi-au întors privirile în altă parte. Nu şi el.

A pus jos carafa şi faţa i s-a luminat, surâzându-mi. Era prima dată când îl vedeam zâmbind în felul ăsta. Poate şi ultima. Cred că în seara aceea s-a născut o anumită complicitate... Ceva foarte trainic. Încercasem să-l apăr cum puteam pe ciudatul meu marţian cu părul cărunt, care acum se îndreaptă spre ușa bucătăriei împingând o roabă cu lemne.

*
* *

— Merge treaba? Nu ți-e frig?

— Merge, merge, mulțumesc.

— Și fetițele?

— Se uită la desenele lor animate.

— Se dau desene animate la ora asta?

— În vacanță se dau în fiecare dimineață.

— Așa?... Foarte bine. Ai găsit cafeaua?

— Da, da, mulțumesc.

— Dar tu, Chloé? Fiindcă veni vorba de vacanță, n-ar trebui să...

— Să sun la serviciu?

— Poate, nu știu ce să zic...

— Ba da, ba da, o să sun...

Am început iar să plâng.

Socru-meu și-a lăsat ochii în jos. Își scotea mănușile.

— Iartă-mă, mă amestec unde nu-mi fierbe oala.

— Nu, nu, nu-i vorba de asta, e vorba că... Mă simt pierdută. Sunt complet pierdută... Eu... ai dreptate, o să-mi sun șefa.

— Cine ți-e șef?

— O prietenă, cel puțin așa cred, o să văd...

Mi-am legat părul cu un elastic vechi de-al lui Lucie, care se rătăcise în buzunarul meu.

— N-ai decât să-i spui că-ți iei câteva zile de concediu ca să te ocupi de bătrânul tău socru morocănos..., mi-a sugerat el.

— Da... O să spun morocănos *și* neputincios. Pare mai serios.

Surâdea suflând în ceașcă.

Laure nu era acolo. I-am îngăimat trei vorbe asistentei ei, care mai avea un apel pe cealaltă linie.

Am sunat și acasă. Am format codul robotului. Mesaje fără importanță.

Ce-mi închipuiam?

Și iar mi-au dat lacrimile. Socrul meu a intrat și a ieșit imediat.

Îmi spuneam: „Hai, trebuie să plângi o dată și bine. Să-ți seci lacrimile, să storci buretele, să pui la zvântat corpul ăsta mare și trist și pe urmă să întorci pagina. Să te gândești la altceva. Să faci un pas, apoi altul și să iei totul de la capăt".

Mi s-a spus asta de sute de ori. Gândește-te la altceva. Viața merge mai departe. Gândește-te la fete. N-ai dreptul să te dai bătută. Vino-ți în fire.

Da, știu, o știu foarte bine, dar înțelegeți-mă: nu reușesc.

Și apoi, ce vrea să zică să trăiești? Ce vrea să zică asta?

Copiii mei... Dar ce le pot eu oferi? O mamă care șchioapătă? O lume pe dos?

Sunt de acord să mă scol dimineața, să mă îmbrac, să mănânc, să le îmbrac, să le hrănesc, să rezist până seara și să le culc sărutându-le. Pot s-o fac. Toată lumea poate. Dar nu mai mult.

Îndurare.

Nu mai mult.

— Mamă!

— Da, am răspuns ștergându-mi nasul cu mâneca.

— Mamă!

— Sunt aici, sunt aici...

Lucie era în fața mea, cu paltonul peste cămașa de noapte. O învârtea pe Barbie ținând-o de păr.

— Știi ce-a spus Bunicuțu?

— Nu.

— A zis că o să mergem să mâncăm la McDonald's.

— Nu te cred, i-am răspuns.

— Ba da, să știi, i-adevărat. Chiar el ne-a spus.

— Când?

— Mai înainte.

— Da' eu credeam că urăște McDo...

— Nuu, nu le urăște. A zis că o să mergem la cumpărături și că după aia o să mergem toți la McDonald's, chiar și tu, chiar și Marion, chiar eu și chiar și el!

M-a luat de mână în timp ce urcam scara.

— Știi că n-am aproape nimic de îmbrăcat aici. Am uitat toate hainele la Paris...

— Așa e, am admis, am uitat tot.

— Da' știi ce-a zis Bunicuțu?

— Nu.

— Ne-a spus mie și lui Marion că o să ne cumpere el când o să mergem la cumpărături. Haine pe care o să putem să ni le alegem singure.

— Ei, taci!

O îmbrăcam pe Marion gâdilând-o pe burtă.

În vremea asta, stând pe marginea patului, Lucie continua să înainteze ușor-ușor spre ce voia să obțină.

— Și a zis că e de acord...

— De acord cu ce?

— De acord cu tot ce i-am cerut...

Nenorocire!

— Ce i-ai cerut?

— Haine de Barbie.

— Pentru Barbie a ta?

— Pentru Barbie a mea și pentru mine. La fel pentru amândouă!

— Vrei să spui ororile alea de tricouri care lucesc!?

— Da, și tot ce merge cu ele: blugii roz, baschetii roz cu eticheta Barbie pe ei, șosetele cu nodul ăla mic... Știi, aici... Noduletul din spate...

Îmi arăta glezna.

Am lăsat-o jos pe Marion.

— Superrrbă, i-am spus, o să fii superrrrrrbă!!!

Gura i s-a strâmbat.

— Știam eu! Ție toate chestiile frumoase ți se par nasoale...

Râdeam, sărutându-i mutrița adorabilă.

Și-a pus rochia, visând.

— O să fiu frumoasă, nu?

— Și așa ești frumoasă, scumpa mea, și așa ești foarte, foarte frumoasă.

— Da, dar așa, și mai și...

— Crezi că se poate?

S-a gândit.

— Da, cred...

— Hai, întoarce-te.

Fetele, ce invenție grozavă, mă gândeam pieptănând-o, ce invenție grozavă!

În timp ce făceam coadă la casă, socru-meu mi-a mărturisit că nu mai pusese piciorul într-un supermarket de mai bine de zece ani.

M-am gândit la Suzanne.

Mereu singură, împingând căruciorul burdușit.

Mereu singură-singurică, peste tot.

După ce și-au mâncat crochetele, fetele s-au jucat într-un fel de cușcă plină cu bile multicolore. Un tânăr le-a pus să-și scoată încălțările, așa că eu țineam pe genunchi oribilii bascheți *You're a Barbie girl!* ai lui Lucie.

Cea mai groaznică e găselnița asta, tocul ortopedic transparent...

— Cum ai putut să cumperi asemenea orori?

— Îi face atâta plăcere... Încerc să nu repet aceleași greșeli cu noua generație... Vezi, e ca și cu locul ăsta... Niciodată n-aș fi venit aici cu Christine și Adrien, dacă ar fi fost posibil acum treizeci de ani. Niciodată! Iar astăzi mă întreb de ce i-am lipsit de asemenea plăceri. Ce m-ar fi costat, la urma urmei? Un sfert de oră neplăcut? Ce înseamnă un sfert de oră neplăcut în comparație cu fețele îmbujorate ale puștoaicelor tale?

— Am făcut totul pe dos, a adăugat el dând din cap, până și nenorocitul ăsta de sandvici îl țin pe dos, nu?

Era plin de maioneză pe pantaloni.

— Chloé!

— Da.

— Aș vrea să mănânci... Iartă-mă că îți vorbesc ca Suzanne, dar n-ai mâncat nimic de ieri.

— Nu pot.

A dat înapoi.

— Cum să mănânci o asemenea porcărie, la urma urmei! Cine poate mânca așa ceva? Spune-mi. Cine? Nimeni!

Încercam să zâmbesc.

— Bine, îți dau voie să mai ții regim acum, dar diseară, gata! Diseară, eu o să pregătesc cina și tu o să fii obligată să mănânci din toate, s-a înțeles?

— S-a înțeles.

— Și asta? Cum se mănâncă drăcia asta de cosmonaut?

Îmi arăta o salată îndoielnică într-o cutie de plastic.

*
* *

Ne-am petrecut restul după-amiezii în grădină. Fetele zburdau în jurul bunicului care-și pusese în minte să dreagă vechiul leagăn. Le priveam de departe, șezând pe treptele terasei. Era frig, era plăcut. Soarele strălucea în părul lor și mi se păreau frumoase.

Mă gândeam la Adrien. Ce-o fi făcând?

Unde era în momentul acela?

Și cu cine?

Și viața noastră, a ce o să semene?

Fiecare gând mă trăgea și mai la fund. Eram așa de obosită! Am închis ochii. Visam că vine. Se auzea zgomotul unui motor în curte, se așeza lângă mine, mă săruta și-mi punea degetul pe buze ca să facă o surpriză fetelor. Pot să-i simt încă atingerea ușoară pe gât. Vocea, căldura lui, mirosul pielii, totul e la locul lui.

Totul e la locul lui...

E de-ajuns să te gândești.

Oare după cât timp uiți mirosul celui care te-a iubit? Și când încetezi la rândul tău să-l mai iubești?

Să mi se dea o clepsidră.

Ultima dată când ne-am cuprins, eu îl sărutam. Era în ascensorul de pe rue de Flandre.

S-a lăsat îmbrățișat.

De ce? De ce s-a lăsat sărutat de o femeie pe care n-o mai iubea? De ce mi-a dat gura? Și de ce m-a strâns în brațe?

N-are sens.

Leagănul e reparat. Pierre se uită la mine. Întorc capul. N-am chef să-i întâlnesc privirea. Mi-e frig, mucii îmi curg până în gură și, afară de asta, trebuie să mă duc să încălzesc baia.

— Cu ce te pot ajuta?

Își legase o cârpă de bucătărie în jurul șoldurilor.

— Lucie și Marion s-au culcat?

— Da.

— N-o să le fie frig?

— Nu, nu, deloc. Spune-mi mai bine ce pot să fac...

— Ai putea să plângi măcar o dată fără să mă simt zdrobit... Mi-ar face bine să te văd plângând fără motiv. Uite, taie astea, a adăugat și mi-a întins trei cepe.

— Crezi că plâng prea mult?

— Da.

Tăcere.

Am luat tocătorul de lângă chiuvetă și m-am așezat în fața lui. Chipul îi era din nou contractat. Se auzea numai trosnetul focului.

— Nu asta am vrut să spun...

— Poftim?

— Nu asta am vrut să spun, nu cred că plângi prea mult, sunt doar amărât. Ești așa de drăguță când zâmbești...

— Vrei să bei ceva?

Am dat din cap că da.

— O să așteptăm până se face mai cald, ar fi păcat... Vrei niște Bushmills până atunci?

— Nu, mulțumesc.

— Și de ce, mă rog?

— Nu-mi place whisky-ul.

— Nefericito! Nici nu se compară! Ia gustă...

Am dus paharul la gură și mi s-a părut infect. Nu mâncasem nimic de zile întregi, eram beată. Cuțitul aluneca pe coaja cepei și ceafa mi se volatilizase. Nu lipsea mult să-mi tai un deget. Mă simțeam bine.

— E bun, nu? Mi l-a dat Patrick Frendall când am împlinit șaizeci de ani. Ți-aduci aminte de Patrick Frendall?

— Păi..., nu.

— Ba da, ba da, cred că l-ai văzut deja aici, nu-ți amintești? Un tip imens cu brațe de uriaș...

— Ăla care a aruncat-o pe Lucie în sus până ce aproape că a vomat?

— Exact, a răspuns Pierre turnându-mi încă un pahar.

— Da, mi-aduc aminte...

— Țin mult la el, mă gândesc la el foarte des. E ciudat, îl consider unul dintre cei mai buni prieteni ai mei, deși, de fapt, abia dacă-l cunosc...

— Ai și prieteni mai apropiați?

— De ce mă întrebi?

— Așa. Știu eu? Habar n-am. Nu te-am auzit niciodată vorbind despre ei.

Socru-meu se muncea cu rondelele de morcovi. Totdeauna e amuzant să vezi un bărbat care gătește pentru prima oară în viață. Cum urmărește rețeta până la cea din urmă virgulă, de parcă Ginette Mathiot ar fi vreo zână foarte susceptibilă.

— Aici scrie „tăiați morcovii în rondele de grosime mijlocie", crezi că e bine așa?

— E perfect.

Râdeam. Fără ceafă, capul mi se bălăngănea pe umeri.

— Mulțumesc... Unde rămăsesem? A, da, la prietenii mei... De fapt, am avut trei... Patrick, pe care l-am cunoscut în timpul unei călătorii la Roma. O milostenie creștinească a parohiei. Prima mea călătorie fără părinți... Aveam cincisprezece ani. Nu înțelegeam nimic din ce-mi bodogănea irlandezul ăsta de două ori mai înalt ca mine, dar ne-am împrietenit imediat la cataramă. Fusese crescut de oamenii cei mai catolici din lume, eu tocmai scăpasem de sufocarea familială...

Doi cățelandri lăsați liberi în Orașul etern... Ce pelerinaj!...

Încă mai fremăta.

A pus la înăbușit ceapa și morcovii într-o cratiță, laolaltă cu bucăți de piept afumat, și mirosea foarte bine.

— Pe urmă Jean Théron, pe care-l cunoști, și fratele meu, Paul, pe care nu l-ai cunoscut, fiindcă a murit în '56...

— Fratele tău ți-a fost cel mai bun prieten?

— Era mai mult decât atât... Tu, Chloé, așa cum te cunosc, l-ai fi adorat. Era un băiat fin, nostim, atent cu toată lumea, tot timpul vesel. Picta... O să-ți arăt mâine acuarelele lui, sunt la mine în birou. Cunoștea cântecul tuturor păsărilor. Îi plăcea să tachineze, dar nu rănea niciodată pe nimeni. Era un băiat încântător. Cu adevărat încântător. De altfel, toată lumea îl iubea.

— De ce a murit?

Socrul meu s-a întors cu spatele.

— A fost în Indochina. S-a întors bolnav și pe jumătate nebun. A murit de tuberculoză în 14 iulie 1956.

— ...

— Nu mai trebuie să-ți spun că după asta părinții mei n-au mai asistat niciodată la vreo defilare. La fel cu balurile și focurile de artificii: pentru ei, n-au mai existat.

Adăuga bucăți de carne și le întorcea pe toate părțile ca să le rumenească.

— Vezi tu, cel mai rău e că se angajase voluntar. Pe atunci își făcea studiile. Era sclipitor. Voia să lucreze la O.N.F. Îi plăceau copacii și păsările. N-ar fi trebuit să se ducă acolo. N-avea nici un motiv să se ducă. Nici unul. Era un om blând, pacifist, care cita din Giono și care...

— Și atunci, de ce?

— Din cauza unei fete. O prostească amărăciune din dragoste. Ceva fără importanță, nici măcar nu era o fată, era o puștoaică. O poveste absurdă. Acum când îți spun și de fiecare dată când mă gândesc la asta, sunt dărâmat la gândul zădărniciei vieților noastre. Un băiat de ispravă care pleacă la război din cauza unei domnișoare țâfnoase, e grotesc. Citești așa ceva în romanele de doi bani. Povești dintr-astea sunt bune pentru melodrame!

— Ea nu-l iubea?

— Nu. Dar Paul era nebun după ea. O adora. O cunoștea de când ea avea doisprezece ani, îi scria scrisori pe care probabil că ea nici măcar nu putea să le înțeleagă. A plecat la război ca să facă pe viteazul. Ca ea să vadă ce bărbat era. Până și în ajunul plecării, nerodul de el se mai grozăvea: „Când o să v-o ceară, nu-i dați adresa mea imediat, vreau să-i scriu eu primul...". Și trei luni mai târziu ea se logodea cu băiatul măcelarului de pe strada Passy.

A turnat vreo zece feluri de mirodenii, tot ce a putut găsi prin dulapuri.

Nu știu ce-ar fi spus Ginette...

— Un găligan șters care-și petrecea zilele dezosând carnea în dosul prăvăliei lui taică-său. Ce șoc pentru noi, îți închipui. Îi făcuse vânt bietului nostru Paul pentru prostănacul ăla. El era acolo, la capătul lumii, pesemne că se gândea la ea, îi scria versuri, idiotul, iar ei nu-i stătea gândul decât la escapadele de sâmbătă seara cu grosolanul ăla care avea meritul că putea să împrumute mașina lui tat-su. O Frégate albastru deschis, mi-aduc aminte... Bineînțeles, ea nu era obligată să-l iubească, bineînțeles, dar Paul era prea exaltat, nu putea să facă nimic fără bravură, fără... fără brio. Ce fiasco...

— Și după aceea?

— După aceea, nimic. Paul s-a întors acasă, iar mama și-a schimbat măcelarul.

Și-a petrecut multă vreme în casa asta din care aproape că nu mai ieșea. Desena, citea, se plângea că nu mai poate dormi. Suferea mult, tușea tot timpul, și pe urmă a murit. La douăzeci și unu de ani.

— Nu vorbești niciodată despre el...

— Nu.

— De ce?

— Preferam să vorbesc despre el cu oameni care l-au cunoscut, era mai simplu...

Mi-am îndepărtat scaunul de masă.

— O să pun masa. Unde vrei să cinăm?

— Aici, în bucătărie, e foarte bine aici.

A stins lampa cea mare și ne-am așezat unul în fața celuilalt.

— E delicios.

— Adevărat? Parcă e cam prea prăjit, nu?

— Nu, nu, te asigur, e perfect.

— Ești prea bună.

— Bun e vinul dumitale. Povestește-mi despre Roma...

— Despre oraș?

— Nu, despre pelerinaj... Cum erai când aveai cincisprezece ani?

— Oh... Cum eram? Eram băiatul cel mai nătâng din lume. Încercam să țin pasul cu uriașul Frendall. Scoteam limba, îi povesteam despre Paris, despre Moulin-Rouge, spuneam te miri ce, mințeam cu nerușinare. El râdea, răspundea cu lucruri pe care nici eu nu le înțelegeam și râdeam la rândul meu. Ne petreceam vremea furând monedele aruncate în fântâni și rânjind de cum ne încrucișam cu o persoană de sex opus. Dacă mă gândesc bine, eram de-a dreptul patetici. Azi nu-mi mai amintesc scopul acelui pelerinaj. Era cu siguranță o cauză bună la mijloc, o intenție de rugăciune, cum se zice... Nu mai știu. A fost pentru mine o enormă gură de oxigen. Câteva zile care mi-au schimbat viața. Descoperisem gustul libertății. Era ca... Îți mai pun?

— Cu plăcere.

— Trebuia văzut și contextul. Ne apucaserăm să ne prefacem că am câștigat războiul. Era o stare de acreală. Nu puteam aduce vorba despre cineva, un vecin, un negustor, părinții vreunui coleg, fără ca tatăl meu să nu-l claseze de urgență într-un sertăraș: delator sau denunțat, laș sau terchea-berchea. Era groaznic. Nu poți să-ți dai seama, dar crede-mă, era groaznic pentru niște copii. De altfel, nici nu-i mai adresam vreo vorbă, sau aproape... Atât cât nu poți evita, ca fiu. Totuși, într-o zi l-am întrebat:

„Dacă-i așa de jalnică lumea voastră, de ce v-ați mai bătut pentru ea?“.

— Ce-a răspuns?

— Nimic... dispreț.

— Mulțumesc, mulțumesc, e prea mult.

— Locuiam la primul etaj al unui imobil cenușiu, în străfundul arondismentului șaisprezece. Era de o tristețe... Părinții mei n-aveau mijloace ca să locuiască acolo, dar era vorba de faima adresei, înțelegi. Arondismentul șaisprezece! Eram înghesuiți într-un apartament sinistru, în care soarele nu intra niciodată, iar mama nu dădea voie să se deschidă ferestrele fiindcă dedesubt era un garaj de autobuze. Se temea să nu i se fi înnegrit perdelele... oh, oh, bordeaux-ul ăsta delicios mă face să conjug verbele la subjonctivul trecut, e uimitor! Mă plictiseam cumplit. Eram prea tânăr ca să prezint interes pentru tata, iar mama se fâțâia tot timpul.

Ieșea mult în oraș. „Timp consacrat parohiei“, zicea ea și ridica ochii la cer. Exagera, se enerva cu gândul la prostia anumitor femei cucernice pe care le născocea, își scotea mănușile, le arunca pe consola de la intrare ca atunci când îi azvârli patronului șorțul și pleci trântind ușa, suspina, se răsucea, trăncănea, mințea, uneori se încurca. O lăsam să vorbească. Paul îi zicea Sarah Bernhardt, iar tata își relua lectura din *Figaro* fără să comenteze când ea ieșea din cameră... Cartofi vrei?

— Nu, mulțumesc.

— Eram semi-intern la Janson-de-Sailly. Eram la fel de cenușiu ca și clădirea în care locuiam. Citeam *Cœurs vaillants* și aventurile lui Flash Gordon. Jucam tenis cu băieții din familia Mortellier în fiecare joi. Eu... Eram un copil foarte cuminte și lipsit de orice interes. Visam să iau ascensorul și să urc la etajul șase ca să văd... Asta zic și eu aventură... Să urc la etajul șase! Ce nătăfleț, zău...

Îl așteptam pe Patrick Frendall.

Îl așteptam pe Papă!

Se ridicase ca să ațâțe focul.

— În sfârșit... Nu era tocmai o revoluție... Cel mult o recreație... Am crezut mereu că o să... cum să zic... să scap de hamuri într-o bună zi. Dar nu. Niciodată. Am rămas același copil cuminte și lipsit de interes. De ce-ți povestesc toate astea, de fapt? De ce oi fi devenit așa de flecar dintr-odată?

— Eu ți-am cerut-o...

— O fi... Da' nu e un motiv! Nu te scot din sărite cu dugheana mea de nostalgii?

— Nu, nu, din contră, îmi place foarte mult...

*
* *

A doua zi dimineață, am găsit un bilețel pe masa din bucătărie: „A/R birou".

Era cafea caldă, și, pe foc, un buștean enorm.

De ce nu mă prevenise că pleacă?

Ce om ciudat... Ca un pește... Care se fofilează mereu și îți alunecă printre degete.

Mi-am pus o ceașcă mare de cafea și am băut-o în picioare, cu umărul rezemat de fereastra bucătăriei. Priveam prigoriile care se agitau în jurul bucățoiului de untură pe care-l puseseră fetele pe bancă cu o zi mai înainte.

Soarele abia se ridicase deasupra gardului viu.

Așteptam ca ele să se scoale. Casa era prea liniștită.

Aveam chef de o țigară. Ce idioțenie, nu mai fumam de ani de zile. Da, dar uite, așa e viața... Dovedești o voință formidabilă și pe urmă, într-o dimineață de iarnă, te hotărăști să mergi patru kilometri pe frig ca să cumperi un pachet de țigări; sau altceva, iubești un bărbat, fabrici cu el doi copii și, într-o dimineață de iarnă, afli că pleacă pentru că iubește pe alta. Adaugă că e stânjenit, că s-a înșelat.

Ca la telefon: „Mă scuzați, am greșit".
Nu face nimic...

Un balon de săpun.

E vânt. Ies, ca să pun la adăpost untura.

Mă uit la televizor cu fetele. Sunt dărâmată. Eroii din desenele lor animate mi se par neghiobi și capricioși. Lucie se enervează, dă din cap, mă roagă să tac. Am chef să-i vorbesc despre Candy.

Eu, când eram mică, eram legată de Candy.

Candy nu vorbea niciodată despre bani. Numai despre dragoste.

Până la urmă am tăcut. La mare lucru mi-a mai folosit să mă port ca gâsculița de Candy...

Vântul se întețește. Renunț la ideea de a mă mai duce în sat.

Ne petrecem după-amiaza în pod. Fetele se travestesc. Lucie agită un evantai în dreptul feței surorii ei.

— Vă e prea cald, doamnă contesă?

Doamna contesă nu se poate mișca. Are prea multe pălării pe cap.

Dăm jos un leagăn vechi. Lucie zice că trebuie revopsit.

— În roz? o întreb.

— Cum ai ghicit?

— Sunt foarte isteață.

Sună telefonul. Lucie se duce să răspundă.

La sfârșit o aud întrebând:

— Vrei să vorbești și cu mama?

Închide la puțin timp după aceea. Nu se mai întoarce la noi.

Continuu să desfac pătuțul împreună cu Marion.

Coborând, o găsesc în bucătărie. Stă cu bărbia pe masă. Mă așez lângă ea.

Ne privim.

— Într-o zi, tu și tata o să fiți iar îndrăgostiți?

— Nu.

— Ești sigură?

— Da.

— Oricum, știam deja...

S-a ridicat și a adăugat:

— Știi ce voiam să-ți mai spun?

— Nu. Ce?

— Că păsările au mâncat deja totul...
— Adevărat? Ești sigură?
— Da, vino să vezi...

A ocolit masa și m-a luat de mână.

Stăteam în fața ferestrei. Lângă mine era fetița cea blondă. Purta un plastron vechi de smoching și un jupon mâncat de molii. Baschetii ei *You're a Barbie girl!* intraseră în botinele străbunică-sii. Mâna mea mare de mamă o cuprindea pe a ei. Priveam cum vântul îndoia copacii din grădină și probabil ne gândeam la același lucru...

Baia e așa de rece, încât nu-mi vine să-mi scot umerii din apă. Lucie ne-a șamponat născocind tot felul de coafuri deșucheate. „Uită-te la tine, Mamă! Ai coarne pe cap!"

O știam deja.

Nu era prea nostim, dar m-a făcut să râd.

— De ce râzi?

— Pentru că sunt o proastă.

— De ce ești proastă?

Ne-am uscat dansând.

Cămăși de noapte, șosete, pantofi, pulovere, capoate, apoi iar pulovere.

Dolofanele* mele au coborât să-și bea supa.

Curentul s-a întrerupt în timp ce Babar se juca în liftul unui mare magazin, sub privirea furioasă a liftierului. Marion a început să plângă.

— Așteptați, am să aprind lumina.

— Oh! oohoohoohooh...

— Încetează, Barbie girl, o faci pe soră-ta să plângă.

— Nu-mi spune Barbie girl!

— Atunci, termină.

Nu era nici întrerupătorul automat, nici siguranțele. Obloanele pocneau, ușile gemeau și toată casa era cufundată în beznă.

Surori Brontë, rugați-vă pentru noi.

Mă întrebam când avea să se întoarcă Pierre.

Am adus salteaua fetelor în bucătărie. Fără radiator electric, nu le puteam lăsa să doarmă sus. Se vânzoleau ca dracii. Am împins masa și am pus patul improvizat lângă șemineu.

M-am dus să mă întind între ele.

— Și Babar? N-ai terminat...

— Sst, Marion. Uită-te mai bine la foc. O să-ți spună el povești...

— Da, dar...

— Ssst...

Au adormit imediat.

Ascultam zgomotele casei. Nasul mă ustura și-mi frecam ochii să nu plâng.

Viața mea e ca patul ăsta, mă gândeam. Fragilă. Nesigură. Suspendată.

Pândeam momentul când casa avea să-și ia zborul.

Mă gândeam că sunt abandonată, că mi s-au dezlegat odgoanele.

E nostim că expresiile nu sunt numai expresii. Trebuie să fi trecut printr-o spaimă mare ca să înțelegi ce vrea să spună „sudori reci“ sau să fi fost extrem de neliniștită ca să guști suculența expresiei „noduri în stomac“, nu?

„Să ți se dezlege odgoanele“ e la fel. Minunată expresie. Cine o fi găsit-o?

A dezlega odgoanele.

A-i da drumul bietei femei.

S-o pornești în larg, să-ți desfaci aripile de albatros și să te duci să faci dragoste departe, la alte latitudini.

Nu, într-adevăr, nici că s-ar putea spune mai bine...

Devin rea, e semn bun. Câteva săptămâni încă și o să fiu slută de-a binelea.

Capcana, e tocmai asta, de a te crede ancorată la țărm. Luăm hotărâri, credite, angajamente și chiar riscuri. Cumpărăm case, instalăm bebeluși în camere complet roz și dormim noapte de noapte îmbrățișați. Ne minunăm de această... Cum îi spuneam? De această *complicitate*. Da, așa spuneam când eram fericiți. Sau când eram mai puțin...

Capcana e să crezi că ai dreptul să fii fericit.

Nătărăi ce suntem. Îndeajuns de naivi ca să ne închipuim fie și pentru o clipă că suntem stăpâni pe cursul vieții.

Cursul vieții noastre ne scapă, dar nu e grav. Nu are mare importanță...

Idealul ar fi să afli la timp.

„La timp" când?

La timp.

Înainte de a zugrăvi iar camerele în roz, de exemplu...

Are dreptate Pierre, de ce să-ți arăți slăbiciunile?

Ca să încasezi loviturile?

Bunica mea spunea adesea că soții se țin pe lângă casă cu mâncărică bună. Sunt departe de asta, Bunico, sunt departe... Mai întâi că nu știu să gătesc și, pe urmă, n-am dorit niciodată să rețin pe nimeni.

Ei bine, ai reușit, nepoțica mea!

Îmi torn puțin coniac ca să sărbătoresc reușita.

Încă un strop și după aceea nani.

Ziua următoare mi s-a părut foarte lungă.

Ne-am dus să ne plimbăm. Am dat pâine cailor de la centrul de echitație și am rămas mai mult timp cu ei. Marion a încălecat un ponei. Lucie n-a vrut.

Aveam sentimentul că duc în spinare un rucsac foarte greu.

Seara, aveam spectacol. Sunt norocoasă, am spectacol în fiecare zi acasă. În program, de data asta: *Fetița cale nu v'ea să ple'*. Și-au dat multă osteneală să mă distreze.

N-am dormit bine.

A doua zi dimineața nu mai aveam elan. Era prea frig.

Fetele se smiorcăiau fără încetare.

Am încercat să fac o diversiune jucându-ne de-a oamenii preistorici.

— Uitați-vă bine cum făceau oamenii preistorici ca să-și pregătească ceașca de Nesquik... Puneau cratița cu lapte pe foc, da, chiar așa... Și pâinea prăjită? Nimic mai simplu, felia de pâine pe un grătar și, hop, deasupra flăcărilor... Atenție! nu prea mult, altfel se face scrum. Cine vrea să se joace de-a oamenii preistorici cu mine?

Nu le păsa, nu le era foame. Voiau porcăria lor de televizor.

M-am ars. Marion a izbucnit în plâns când m-a auzit țipând, iar Lucie și-a vărsat ceașca pe canapea.

M-am așezat și mi-am luat capul în mâini.

Visam să-l pot deșuruba, să-l pun jos în fața mea și să-i trag un șut ca să se ducă învârtindu-se cât mai departe cu putință.

Atât de departe încât să nu mai fie găsit niciodată.

Dar nici măcar nu știu să șutez.

Aș nimeri pe de lături, e sigur.

Pierre a sosit chiar în acel moment.

Era necăjit, îmi spunea cum că nu putuse să sune mai devreme pentru că linia era întreruptă și vântura pe sub nasul fetelor o pungă cu cornuri calde.

Ele râdeau. Marion încerca să-l ia de mână, iar Lucie îi propunea o cafea preistorică.

— O cafea preistorică? Bineînțeles, cu plăcere, doamnă Cro-Mignonă!

Mi-au dat lacrimile.

Mi-a pus mâna pe genunchi.

— Chloé... E în regulă?

Aș fi vrut să-i spun nu, nu-i bine deloc, dar eram așa de mulțumită să-l revăd încât i-am răspuns contrariul.

— Brutăreasa are lumină, deci nu e pană în tot cartierul. O să mă duc să văd ce e, exact... Ia uitați-vă, fetelor, ce vreme superbă! Îmbrăcați-vă, o să mergem la cules ciuperci. După ploaia de ieri o să găsim berechet!

„Fetele“ adică și eu... Am urcat scările hlizindu-ne.

Ce bine e să ai opt ani.

Am mers până la Moara Dracului. O hardughie sinistră care de mai multe generații îi bucură pe copii.

Pierre le-a explicat fetelor ce era cu găurile din zid.

— Aici e o lovitură de corn... și aici urmele copitelor...

— De ce a dat cu copitele în zid?

— O, e o poveste lungă... Din cauză că era foarte nervos în ziua aia...

— De ce era nervos în ziua aia?

— Pentru că prizoniera îi scăpase.

— Și cine era prizoniera lui?

— Era fata brutăresei.

— Fata doamnei Pécaut?

— Nu, nu fata ei, fii serioasă. Stră-străbunica ei mai curând.

— Ah!

Le-am arătat fetelor cum să pregătească o mini-gustărică servită pe farfurioare de ghindă. Am găsit un cuib de păsări gol, pietre, conuri de brad. Am cules ciubotica-cucului și am rupt crengi de alun. Lucie a adunat mușchi pentru păpușile ei și Marion nu s-a dat jos din spatele bunicului.

Am adus două ciuperci. Amândouă suspecte!

Pe drumul de întoarcere, se auzea cântecul mierlei și vocea intrigată a unei fetițe care întreba:

— Dar de ce a luat-o dracul prizonieră pe bunica doamnei Pécaut?

— Nu ghicești?

— Nu.

— Pentru că era foarte mâncăcios, na!

Ea lovea cu bățul în ferigi ca să pună diavolul pe fugă.

Dar eu, în ce aș putea lovi cu bățul?

*

* *

— Chloé?

— Da.

— Voiam să-ți spun... Sper... În sfârșit, mai degrabă aș vrea... Da, asta e, aș vrea... Aș vrea să te întorci în casa asta pentru că... Știu că-ți place mult... Ai făcut atâtea lucruri aici... În camere... Grădina... Înainte, nu era nici o grădină, știi? Promite-mi că o să revii. Cu sau fără fete...

M-am întors către el.

— Nu, Pierre. Știi bine că nu.

— Și trandafirul tău? Cum naiba se cheamă? Trandafirul pe care l-ai plantat anul trecut...

— Pulpă de nimfă emoționată.

— Da, asta e. Îți plăcea așa de mult.

— Nu, numele mi-a plăcut... Știi ce, e și așa destul de greu...

— Iartă-mă, iartă-mă.

— Dar dumneata? O să te ocupi dumneata de el?

— Bineînțeles! Pulpă de nimfă emoționată, ce-ți închipui... Cum să nu mă ocup?

Se cam silea.

Pe drumul de întoarcere ne-am întâlnit cu bătrânul Marcel, care venea din târg. Bicicleta lui făcea zigzaguri periculoase. Prin ce minune a reușit să oprească în dreptul nostru fără să cadă e greu de știut. A urcat-o pe Lucie în șa și ne-a propus să mergem la micul supliciu de seară.

Doamna Marcel le-a sărutat pe fete din cap până în picioare și le-a instalat în fața televizorului cu o pungă de bomboane pe genunchi. „Are antenă parabolică, Mamă! Îți dai seama! Un canal numai și numai cu desene animate!“

Aleluia.

Să mergi până la capătul lumii, să treci prin desișuri, mărăcinișuri, șanțuri, să te apuce guturaiul, să traversezi curtea bătrânului Marcel ca să urmărești Teletoon molfăind bomboane Tagada cu aromă de căpșuni!

Uneori, viața e minunată.

Furtuna, vaca nebună, Europa, vânătoarea, morții și muribunzii... La un moment dat, Pierre a întrebat:

— Spune-mi, Marcel, îți mai aduci aminte de fratele meu?

— De cine? De Paul? Sigur că-mi aduc aminte de maimuțoiul ăla mic. Mă scotea din minți cu fluieriștile lui. Ce mă mai păcălea la vânătoare! Mă făcea să cred că aud păsări care nici măcar nu trăiesc pe la noi! Ce hoțoman! Și câinii pe care-i apuca strechea! Da, da, cum să nu-mi aduc aminte! Bun băiat mai era... venea des în pădure cu tat-su. Te punea să-i arăți tot, să-i explici tot... Ho, ho! Mamă, doamne, ce de întrebări a mai pus și ăsta! Zicea că vrea să facă studii ca să lucreze la pădure. Mi-aduc aminte că tat-su îi spunea, bine da' n-ai nevoie de studii mă, băiatule, mă! Ce-ar putea să te-nvețe mai mult decât mine profesorii ăia? Nu răspundea, zicea că era pentru ca să viziteze toate pădurile din lume, ca să vadă locuri, să se plimbe prin Africa și prin Rusia și că după aia o să se-ntoarcă și o să ne povestească tot.

Pierre îl asculta și dădea ușor din cap, ca să-l îmbie să spună, să mai spună.

Doamna Marcel ieșise. S-a întors și ne-a întins un carnet cu desene.

— Uitați-vă ce mi-a dat într-o zi micul Paul, ce vorbesc, nu mai era așa de mic atunci, ca să-mi mulțumească pentru plăcințelele mele cu flori de salcâm. Uitați-vă, ăsta era câinele meu.

Pe măsură ce întorcea paginile, admirai năzdrăvăniile unui mic fox pe care îl vedeai că-i răsfățat la nebunie și că-i mai javră decât orice javră.

— Cum îl chema? am întrebat.

— N-avea nume, dar spuneam tot timpul „Unde-i?", pentru că pleca mereu... De aia a și murit, de fapt... O... Ce-l mai iubeam... Prea mult, prea mult... E prima dată că mă mai uit la desenele astea după atâta vreme. De obicei mă feresc să scotocesc prin ele, mi-amintesc de prea mulți morți dintr-odată...

Desenele erau superbe. „Unde-i?" era un fox maroniu cu mustăți lungi, negre și sprâncene stufoase.

— A încasat un glonte... Îi bracona pe braconieri, tembelul...

M-am ridicat, trebuia să plecăm înainte să se lase de tot noaptea.

*

* *

— Fratele meu a murit din cauza ploii. Pentru că l-au ținut prea mult în post, pe ploaie, îți dai seama?

N-am răspuns nimic, eram prea ocupată să mă uit unde puneam piciorul ca să ocolesc bălțile.

Fetele s-au dus la culcare fără să cineze. Prea multe bomboane.

Babar a părăsit-o pe Bătrâna Doamnă. Ea rămâne singură. Plânge. Se întreabă: „Când o să-l mai văd pe micul meu Babar?".

Și Pierre e amărât. A stat multă vreme la el în birou. Chipurile, ca să găsească desenele fratelui său. Am pregătit cina. Spaghete cu bucăți de pipotă puse în untură de Suzanne.

Hotărâserăm să plecăm a doua zi spre prânz. Era deci ultima oară când îmi mai făceam de lucru în bucătăria asta.

Îmi plăcea mult bucătăria. Am aruncat pastele în apa clocotindă, blestemându-mi sentimentalismul: „Îmi plăcea mult bucătăria...". Hei, bunicuțo, bucătării o să mai găsești destule...

Mă bruftuluiam, când de fapt aveam ochii plini de lacrimi, ce idioțenie.

A pus pe masă o mică acuarelă. O femeie, văzută din spate, citind.

Stătea pe o bancă în grădină. Avea capul puțin aplecat. Poate că nu citea, poate că dormea sau visa.

Recunoșteai casa. Treptele de la intrare, obloanele rotunjite și glicina albă.

— E mama.

— Cum o chema?

— Alice.

— ...

— E pentru tine.

Voiam să protestez, dar s-a încruntat și și-a dus un deget la gură. Pierre Dippel e un bărbat căruia nu-i place să fie contrazis.

— Trebuie să ți se facă pe plac totdeauna, nu-i așa?

Nu mă asculta.

— A îndrăznit cineva să te contrazică vreodată? am adăugat, punând desenul lui Paul pe șemineu.

— Nu cineva. Viața mea toată.

Mi-am mușcat limba.

S-a sprijinit de masă ca să se ridice.

— Lasă... Ce vrei să bei, Chloé?

— Ceva care înveselește.

*

* *

S-a întors din pivniță cu două sticle pe care le ținea la piept ca pe niște nou-născuți.

Podgoria „Jos tristețea!"... Așa-i că se potrivește? Chiar ce ne trebuie. Am adus două, una pentru tine și una pentru mine.

— Ești nebun! Ar trebui să aștepți o ocazie mai deosebită...

— O ocazie mai deosebită decât care?

Și-a apropiat scaunul de șemineu.

— Decât... Știu eu?... Decât mine... Decât noi... Decât seara asta.

Și-a încrucișat brațele ca să-și încălzească comoara.

— Păi, suntem o ocazie deosebită, Chloé. Suntem cea mai deosebită ocazie din lume. Vin în casa asta de când eram copil, am mâncat de mii de ori în bucătăria asta și, crede-mă, știu să recunosc o ocazie deosebită!

Tonul ăsta cam plin de el, ce păcat...

Stătea cu spatele la mine și se uita nemișcat la foc.

— Chloé, n-aș vrea să pleci...

Am răsturnat pastele în strecurătoare, cu cârpă cu tot.

— Mă enervezi. Spui tot ce-ți trece prin cap. Nu te gândești decât la dumneata. Până la urmă, ești obositor. „N-aș vrea să pleci." De ce-mi spui o chestie așa de stupidă? Îți amintesc că nu eu plec... Ai un băiat, îți aduci aminte? Un băiat mare. Ei bine, el e cel care a plecat. El! Nu ești la curent? Oh, e prea stupid. Ai răbdare, o să-ți spun, e o poveste distractivă. Deci, s-a întâmplat... Când naiba s-a întâmplat? N-are importanță. Adrien, minunatul Adrien, și-a făcut valizele alaltăieri. Pune-te în locul meu, am fost uluită. Ah, da, pentru că nu ți-am spus, dar întâmplarea face că sunt nevasta acestui flăcău. Știi, nevasta, chestia aia practică pe care o porți peste tot și care zâmbește când o săruți. Deci, am fost surprinsă, îți imaginezi... Uite-l cu valizele noastre în dreptul liftului din fața apartamentului cum începe să se tânguie în timp ce se uită la ceas. Se tânguie fiindcă e foarte enervat, sărmanul țap! Liftul, valizele, scumpetea lui și avionul, ce bătaie de cap! Ei, da! Pentru că nu trebuia să piardă avionul, doar era metresa lui în el! Știi, metresa, acea tânără femeie nerăbdătoare care te calcă puțin pe nervi. Nu-i timp pentru o scenă de familie, îți dai seama... Și pe urmă, scenele de familie sunt așa de vulgare... În familia Dippel n-ați fost învățați cu așa ceva, nu? Țipetele, scenele, supărările, e vulgar, nu-i așa? Oh, da, e vulgar. În familia Dippel, *never explain, never complain*, e cu totul altceva. E clasă!

— Chloé, termină imediat cu toate astea!

Plângeam.

— Auzi ce spui? Auzi cum îmi vorbești!? Nu sunt un câine, Pierre. Nu sunt câinele dumitale, ei, drăcia dracului! L-am lăsat să plece fără să-i scot ochii, am închis ușa încet. Și acum sunt aici, sunt cu dumneata, cu puștoaicele mele. Fac față. Fac față, știi ce înseamnă asta? Cine a auzit gemetele mele de disperare, cine? Așa că nu mă fă să-mi fie milă de dumneata, cu micile dumitale contrarietăți. Nu vrei să plec... Oh, Pierre... Mă văd obligată să nu te ascult. Oh, cât de mult regret... Cât de mult...

Îmi apucase mâinile și le strângea din toate puterile. Îmi ținea brațele imobilizate.

— Lasă-mă! Mă doare! În familia asta toți mă faceți să sufăr! Pierre, dă-mi drumul.

Nici nu și-a desfăcut bine strânsoarea și capul mi s-a lăsat pe umărul lui.

— Toți mă faceți să sufăr...

Plângeam cu nasul înfundat în gâtul lui, uitând cât trebuia să fie de stânjenit, el care nu atingea niciodată pe nimeni, plângeam gândindu-mă din când în când la spaghetele mele care aveau să fie de nemâncat dacă nu mă duceam să le amestec. Zicea: „Hai, hai...". Și: „Îți cer iertare". Mai zicea: „Sufăr la fel de mult ca tine...". Nu mai știa ce să facă cu mâinile.

Până la urmă s-a desprins ca să pună masa.

— În sănătatea ta, Chloé.

Am ciocnit paharele.

— Da, în sănătatea mea, am repetat cu un zâmbet silit.

— Ești o fată formidabilă.

— Da, formidabilă. Și pe deasupra solidă, curajoasă... Și mai cum?

— Nostimă.

— Ah, da, era să uit, nostimă.

— Dar nedreaptă.

— ...

— Ești nedreaptă, nu-i așa?

— ...

— Crezi că nu mă iubesc decât pe mine însumi?

— Da.

— Atunci nu ești nedreaptă, ești proastă.

I-am întins paharul.

— Asta o știam... Mai dă-mi din licoarea asta grozavă.

— Crezi că sunt un prost bătrân?

— Da.

Dădeam din cap. Nu eram rea, eram nefericită.

A oftat.

— De ce sunt un prost bătrân?

— Pentru că nu iubești pe nimeni. Nu scapi niciodată frâiele din mână. Nu ești niciodată aici. Niciodată printre noi. Niciodată în conversațiile și stupiditățile noastre, niciodată în mediocritatea noastră. Pentru că nu ești tandru, pentru că taci tot timpul, și tăcerea dumitale seamănă a dispreț. Pentru că...

— Stop, stop, ajunge, mulțumesc.

— Scuză-mă, răspund la întrebarea dumitale. Mă întrebi de ce ești un prost bătrân, îți răspund. Astea fiind spuse, nu găsesc că ai fi chiar așa bătrân...

— Ești prea amabilă...

— Cu plăcere.

Îi surâdeam tandru, cu gura până la urechi.

— Dacă aș fi așa cum spui, de ce te-aș fi adus atunci aici? De ce atâta timp petrecut cu voi și...

— Pentru că, știi dumneata foarte bine...

— Pentru că ce?

— Pentru simțul dumitale al onoarei. Această cochetărie a familiilor bune. De șapte ani de când îți stau în cale e prima dată că te interesezi de mine... O să-ți spun ce cred. Nu te consider nici binevoitor, nici caritabil. Sunt lucidă. Fiul dumitale a făcut o tâmpenie și dumneata vii în urma lui, cureți, astupi. O să încerci să astupi crăpăturile așa cum poți. Pentru că nu-ți plac crăpăturile, nu-i așa, Pierre? Oh, nu! nu-ți plac deloc...

O să-ți spun ce cred: m-ai adus aici ca să salvezi aparențele. Micuțul a făcut o gafă, bine, strângem din dinți și aranjăm lucrurile fără comentarii. Pe vremuri, le dădeai câțiva gologani țărănoilor jegoși când luxoasa mașină sport a micuțului răsfățat intra peste culturile lor, iar acum o scoți pe nevastă-sa la aer. Aștept momentul când o să-ți iei aerul dumitale îndurerat și o să mă anunți că pot conta pe dumneata. Financiar, vreau să zic. Ești puțin în încurcătură, nu-i așa? O fată în toată firea, ca mine, e mai complicat de despăgubit decât un câmp de sfeclă...

S-a ridicat.

— Ei bine, da... Era adevărat. Ești proastă. Ce descoperire îngrozitoare... Hai, dă-mi farfuria.

Era în spatele meu.

— Nici nu-ți închipui cât de tare mă rănești. Mai mult decât atât, mă faci să sângerez. Dar, fii liniștită, nu-ți port pică; pun totul pe seama durerii tale...

Mi-a pus în față o farfurie aburindă.

— Dar e ceva, totuși, un lucru pe care nu te pot lăsa să-l spui nepedepsită, unul singur...

— Care? am zis ridicând privirea.

— Nu vorbi de sfeclă, te rog. Te poftesc să găsești cel mai mic loc cultivat cu sfeclă pe o rază de kilometri împrejur.

Era hâtru și mulțumit de el.

— Hmm, e bun... O să mă regreți ca bucătăreasă, așa-i?

— Ca bucătăreasă da, dar pentru restul îți foarte mulțumesc... Mi-ai tăiat pofta de mâncare...

— Da?!

— Nu.

— M-ai speriat!

— Atâta lucru n-o să mă împiedice pe mine să gust din pastele astea grozave...

Și-a înfipt furculița în farfurie și a ridicat un ghemotoc de spaghete încleiate.

— Hmm, cum naiba se spune? *Al dente*...

Râdeam.

— Îmi place când râzi.

Am rămas tăcuți o bună bucată de timp.

— Ești supărat?

— Nu, nu supărat, mai degrabă încurcat...

— Sunt dezolată.

— Vezi tu, am impresia că mă aflu în fața a ceva ce nu poate fi descâlcit. Un fel de nod... Enorm.

— Voiam...

— Taci, taci. Lasă-mă să vorbesc. Trebuie să dezleg totul acum. E foarte important. Nu știu dacă poți să mă înțelegi, dar trebuie să mă asculți. Trebuie să trag de un fir, dar de care? Nu știu. Nu știu cu ce și nici de unde să încep. Dumnezeule, e așa de complicat... Dacă nu trag de firul care trebuie sau dacă trag prea mult, risc ca nodul să se strângă și mai tare. Să se strângă așa de tare sau așa de rău, încât să nu mai fie nimic de făcut, și atunci am să te părăsesc copleșit. Căci vezi tu, Chloé, viața mea, toată viața mea e ca pumnul ăsta strâns. Sunt aici, în fața ta, în bucătăria asta. Am șaizeci și cinci de ani. Nu mai arăt nicicum. Sunt bătrânul prostănac pe care-l zgâlțâiai adineaori. N-am înțeles nimic, n-am urcat niciodată la etajul șase. M-am temut și de umbra mea. Și uite-mă acum, uite-mă cu gândul morții în față și... Nu, te rog, nu mă întrerupe... Nu acum. Lasă-mă să deschid pumnul ăsta. Măcar puțin de tot.

Am turnat din nou de băut.

— O să încep cu ce e mai nedrept, mai crud... Cu tine, adică...

S-a lăsat pe speteaza scaunului.

— Prima dată când te-am văzut, erai vânătă de frig. Mi-amintesc, am fost impresionat. Te văd și acum în cadrul ușii ăsteia... Adrien te susținea, iar tu mi-ai întins o mână complet înțepenită de frig. Nu puteai să mă saluți, nu puteai vorbi, ți-am strâns brațul în semn de bun venit și văd, ca atunci, urmele albe lăsate de degetele mele pe încheietura mâinii tale. Suzanne se agita deja. Adrien i-a spus râzând: „V-am adus-o pe Șosețica!". Apoi, te-a dus la etaj și te-a cufundat într-o baie fierbinte. Cât timp ai stat acolo? Nu-mi aduc aminte, îmi amintesc numai de Adrien care-i repeta mamei lui: „Calm, Mamă, calm! Când e gata fiartă, trecem la masă". Ce-i drept, ne era foame, în sfârșit, cel puțin mie. Și tu mă cunoști, știi cum sunt bătrânii prostănaci când le e foame... Eram gata să poruncesc să mâncăm fără să te mai așteptăm când ai apărut, cu părul ud și cu un zâmbet timid, într-un capot vechi de-al Suzannei.

Acum obrajii tăi erau roșii, roșii, roșii...

În timpul mesei, ne-ați povestit că vă întâlniserăți la coadă la cinema, ca să vedeți *O duminică la țară*, și că nu mai erau locuri, iar Adrien, îndrăzneț – e specific familiei –, ți-a propus o adevărată duminică la țară, în fața, pe motocicleta lui. Era ori așa, ori deloc, și tu ai acceptat, ceea ce explica starea ta avansată de congelare, pentru că plecaseși din Paris numai în tricou și impermeabil. Adrien te mânca din ochi și pesemne nu-i era ușor, fiindcă-ți țineai tot timpul capul în jos. Se vedea o gropiță când vorbea despre tine, așa că ne-am închipuit că ne zâmbești... Îmi amintesc că aveai niște bascheți de necrezut...

— Niște Converse galbeni, e adevărat!

— Da, e adevărat. Așa că poți să-i bârfești cât vrei pe ăștia pe care i-am luat lui Lucie, ieri... Ei, da, va trebui să-i și spun... N-o asculta, draga mea, când am cunoscut-o pe mama ta purta niște bascheți galbeni cu șireturi roșii...

— Îți amintești și de șireturi?

— Îmi amintesc de toate, Chloé, de toate, mă auzi? De șireturile roșii, de cartea pe care o citeai sub cireș a doua zi, în timp ce Adrien își demonta mașinăria.

— Ce era?

— *Lumea văzută de Garp*, nu?

— Exact.

— Îmi aduc aminte că i-ai propus Suzannei să curețî de buruieni scara ce ducea în fosta pivniță. Îmi aduc aminte de privirile drăgăstoase pe care ți le arunca văzând cum te speteai cu mărăcinii. Puteai să citești „Noră? Noră?" sclipind cu litere de foc în ochii ei. V-am dus la piața Saint-Amand, tu ai cumpărat brânzeturi de capră și pe urmă am băut un Martini acolo. Tu citeai un articol, despre

Andy Warhol, cred, în timp ce noi, Adrien și cu mine, scuturam flipperul...

— E de necrezut, cum faci să-ți amintești toate astea?

— Eh... n-am cine știe ce merit... Era una din rarele ocazii când aveam ceva comun...

— Vrei să spui, cu Adrien?

— Da...

— Da.

M-am ridicat ca să iau brânza.

— Nu, nu, nu schimba farfuriile, nu merită osteneala.

— Ba da! Știu că nu poți suferi să mănânci brânza în aceeași farfurie.

— Nu pot să sufăr asta? Eu? Oh... E adevărat... Încă o chestie de prost bătrân, nu?

— Ăă... da, cred...

Mi-a întins farfuria strâmbându-se.

— Scârbă mică.

Gropițe în obraji.

— Îmi amintesc căsătoria voastră, bineînțeles... Erai la brațul meu și erai așa de frumoasă. Te dureau gleznele. Traversam aceeași piață Saint-Amand când mi-ai șoptit la ureche: „Ar trebui să mă scoți de aici, mi-aș arunca blestemații ăștia de pantofi pe geamul mașinii și am merge să mâncăm scoici la Yvette...". La trăsnaia asta m-a apucat amețeala. Îmi strângeam mănușile. Hai, servește-te tu mai întâi...

— Ia, ia!

— Ce-aș putea să-ți mai spun?... Îmi amintesc că într-o zi ne-am dat întâlnire la cafeneaua de sub biroul meu, ca să-mi înapoiezi un polonic sau nu știu ce îți împrumutase Suzanne. Trebuie să-ți fi părut nesuferit în ziua aia, eram grăbit, îngrijorat... Chiar am și plecat înainte ca tu să-ți fi băut ceaiul. Îți puneam întrebări despre serviciul tău și probabil nu ascultam răspunsurile, în sfârșit... Ei bine, în aceeași seară, la masă, când Suzanne m-a întrebat: „Ce-i nou?“, fără să cred nici eu, i-am răspuns: „Chloé e gravidă“. „Ți-a spus ea?“ „Nu. Nici nu sunt sigur că știe...“ Suzanne a dat din umeri și și-a ridicat privirea la cer, dar aveam dreptate. Câteva săptămâni mai târziu, ne-ați anunțat vestea cea bună...

— Cum ai ghicit?

— Nu știu... Mi s-a părut că ți se schimbase carnația, că oboseala ta avea altă cauză.

— ...

— Aș putea continua așa multă vreme. Vezi că ești nedreaptă? Ce ziceai mai înainte? Că nicicând, în toți acești ani, nu m-am interesat de tine... Oh, Chloé, sper că ți-e rușine.

Mă dojenea.

— În schimb, sunt egoist, aici ai dreptate. Îți spun că nu vreau să pleci. Mă gândesc la mine. Îmi ești mai apropiată decât propria mea fiică. Fiica mea n-o să-mi spună niciodată că sunt un prost bătrân, ea se mulțumește să creadă că sunt un prost și atât!

S-a ridicat să ia sarea.

— Hei... Ce ai?

— Nimic. N-am nimic.

— Ba da, plângi.

— Ba nu, nu plâng. Uită-te, nu plâng.

— Ba da, plângi! Vrei un pahar cu apă?

— Da.

— Oh, Chloé... Nu vreau să plângi. Asta mă face nefericit.

— Poftim! Tot dumneata! Ești incorigibil...

Încercam să iau un ton glumeț, dar picuri de muci îmi curgeau din nas, era jalnic.

Râdeam. Plângeam. Vinul ăla nu mă înveselea deloc.

— N-ar fi trebuit să-ți vorbesc de toate astea...

— Ba da, ba da! Sunt și amintirile mele... Trebuie numai să mă obișnuiesc puțin. Nu știu dacă-ți dai bine seama, dar situația e foarte nouă pentru mine... Acum cincisprezece zile eram încă o mamă de familie fără probleme. Îmi răsfoiam agenda în metrou ca să organizez mese și îmi pileam unghiile gândindu-mă la vacanță. Îmi spuneam: „Oare să luăm și fetele sau să ne ducem numai noi doi?". În sfârșit, înțelegi genul de dilemă...

Îmi mai spuneam: „Ar trebui să căutăm alt apartament, ăsta e bun, dar e prea întunecos...". Așteptam ca Adrien să-și revină ca să-i vorbesc, pentru că vedeam bine că nu era în apele lui în ultima vreme... Iritabil, susceptibil, obosit... Îmi făceam griji pentru el, îmi spuneam: „O să mi-l omoare la serviciul ăsta de nebuni, ce înseamnă programele astea idioate?".

Se răsucise spre foc.

— Fără probleme, dar nu prea isteață, nu?

Îl așteptam cu cina. Așteptam ore în șir. Adesea chiar adormeam așteptându-l... Până la urmă se întorcea, cu fața răvășită și cu coada între picioare. Mă îndreptam spre bucătărie întinzându-mi oasele. Mă mobilizam. Nu-i era foame, bineînțeles, avea decența să nu-i mai fie foame. Sau poate că ciuguleau ceva înainte? Poate...

Cât trebuie să-i fi fost de greu să se așeze în fața mea! Cât trebuie să fi fost de greu să mă suporte cu obișnuita mea veselie și cu romanele mele foileton despre viața din scuarul Firmin-Gédon. Ce supliciu pentru el, când mă gândesc... Lui Lucie i-a căzut un dinte, mama nu se simte bine, fata poloneză care are grijă de micul Arthur iese cu băiatul vecinei, mi-am terminat lucrarea la muzeu azi-dimineață, Marion și-a tăiat părul, arată îngrozitor, învățătoarea vrea cutii de ouă, pari obosit, ia-ți o zi de concediu, dă-mi mâna, mai vrei spanac? Sărmanul... ce supliciu pentru un soț infidel, dar scrupulos. Ce supliciu... Însă eu nu vedeam nimic. N-am simțit că se pregătește ceva, îți dai seama? Cum poți fi așa de orb? Cum? Fie că eram total abrutizată, fie aveam încredere totală. Ceea ce, evident, înseamnă același lucru...

M-am lăsat pe spate.

— Ah, Pierre... Ce porcărie și viața asta...

— E bun, nu?

— Foarte. Păcat că își face efectul așa de puțin...

— E prima dată când beau așa ceva.

— Și eu.

— E ca trandafirul tău, l-am cumpărat pentru etichetă...

— Da. Ce porcărie... E o nimica toată.

— Dar ești încă tânără...

— Nu, sunt bătrână, mă simt bătrână. Sunt tăbăcită. Simt că o să devin neîncrezătoare. O să-mi privesc viața printr-o ferestruică. N-o să mai deschid ușa. Dă-te înapoi. Arată legitimația. Bine, cealaltă mână acum. Pune-ți cipicii. Rămâi în antreu. Nu mișca.

— Nu, tu n-ai să devii niciodată o astfel de femeie. Chiar dacă ai vrea, n-ai putea. Oamenii vor continua să intre în viața ta ca la moară, ai să mai suferi și e foarte bine așa. Nu-mi fac griji pentru tine.

— Nu, bineînțeles...

— Bineînțeles ce?

— Nu-ți faci griji pentru mine. Oricum nu-ți faci griji pentru nimeni.

— E adevărat, ai dreptate. Nu știu să iau seama la ceilalți.

— De ce?

— Nu știu. Pentru că ceilalți nu mă interesează, presupun.

— ...în afară de Adrien.

— Ce-i cu Adrien?

— Mă gândesc la el.

— Îți faci griji pentru Adrien?

— Da, așa cred... Da. În orice caz, pentru el îmi fac cel mai mult.

— De ce?

— Pentru că e nefericit.

Picam din nori.

— Ei nu, asta chiar că-i bună! Nu-i deloc nefericit... Dimpotrivă, e foarte fericit! A schimbat o femeie tăbăcită și plicticoasă cu o prospătură amuzantă. Viața lui e mult mai nostimă acum, știi bine.

M-am uitat la ceas.

— Ia să vedem, ce oră e? Zece fără un sfert. Unde e micuțul nostru martir? Unde e? La cinema sau la teatru, poate? Sau ia cina pe undeva. Acum trebuie să fi terminat cu gustările... el îi frământă podul palmei visând la ce va fi mai târziu. Atenție, sosește mâncarea, ea își trage mâna și îi răspunde la surâs. Sau poate sunt în pat... Ceea ce e cel mai probabil, nu? La început, se face mult amor, dacă bine-mi amintesc...

— Ești cinică.

— Mă protejez.

— Orice-ar face, e nefericit.

— Din cauza mea, vrei să spui? S-ar putea să-i stric plăcerea? Oh, ingrata de mine...

— Nu, nu din cauza ta, din cauza lui. Din cauza vieții ăsteia, care nu face nimic așa cum îi cerem. Strădaniile noastre sunt derizorii...

— Așa e, dragul de el...

— Nu mă asculți.

— Nu.

— De ce nu mă asculți?

Mușcam dintr-un colț de pâine.

— Pentru că ești un buldozer, distrugi totul în cale. Durerea mea te... Cum să zic, te ce? Te împovărează și în curând o să te agaseze, știu foarte bine. Și pe urmă, povestea asta cu legătura de sânge... Noțiunea asta debilă... N-ai fost în stare să-ți strângi copiii în brațe, să le spui măcar o dată că-i iubești, dar dincolo de asta știu că o să le iei totdeauna apărarea. Orice ar spune, orice ar face, vor avea totdeauna dreptate în fața barbarilor de noi. Noi, care nu purtăm același nume cu voi.

Copiii dumitale nu ți-au dat prea multe motive de satisfacție, s-ar zice, dar ești singurul care ai dreptul să-i critici. Singurul! Adrien a șters-o și m-a lăsat baltă cu fetele. Sigur, și asta te contrariază, dar nu mai sper să te aud rostind câteva cuvinte aspre. Câteva cuvinte aspre... n-ar schimba nimic, dar mi-ar face atâta plăcere. Atâta plăcere, dacă ai ști... Da, e jalnic... Sunt jalnică. Totuși, câteva cuvinte hotărâte, usturătoare, așa cum știi atât de bine să spui... De ce nu și pentru el? Le merit, la urma urmei. Aștept sentința patriarhului din capul mesei. Sunt atâția ani de când te ascult împărțind lumea în două. Cei buni și cei răi, cei care merită stima dumitale și cei care n-au dreptul la ea. Sunt atâția ani de când mă lovesc de discursurile dumitale, autoritatea dumitale, mutrele dumitale de Comandor, tăcerile dumitale... Toată cacealmaua asta. Toată cacealmaua... E atâta vreme de când faci pe grozavul cu noi, Pierre...

Știi, eu sunt un suflet simplu și am nevoie să te aud spunând: băiatul meu e un ticălos și îți cer iertare. Am nevoie de asta, mă înțelegi?

— Nu conta pe mine.

Am luat farfuriile.

— Nu contam pe dumneata.

— Vrei un desert?

— Nu.

— Nu vrei nimic?

— Deci, s-a terminat... Am tras probabil de firul de care nu trebuia...

Nu-l mai ascultam.

— Nodul s-a strâns și mai tare și iată-ne mai îndepărtați ca oricând. Deci sunt un prost bătrân... Un monstru... Și mai ce?

Căutam buretele.

— Și mai ce?

L-am privit drept în ochi.

— Ascultă Pierre, ani de zile am trăit cu un bărbat care nu se ținea drept pentru că tatăl lui nu-l sprijinise cum ar fi trebuit. Când l-am cunoscut, Adrien nu îndrăznea nimic, de frică să nu te dezamăgească. Și tot ce făcea mă deprima fiindcă niciodată nu era pentru el, ci pentru dumneata. Ca să te epateze sau să te sâcâie. Să te provoace sau să-ți facă plăcere. Era patetic. Aveam abia douăzeci de ani și mi-am neglijat pentru el toată viața. Ca să-l ascult și să-l mângâi pe ceafă când, în sfârșit, se destăinuia. Nu regret nimic, oricum nu puteam să fac altfel. Mă îmbolnăvea că un băiat ca el își punea atâta cenușă în cap. Am petrecut nopți întregi pentru a descâlci și a potrivi lucrurile. L-am zgâlțâit. I-am spus de mii de ori că era prea ușurică povestea lui. Că era prea ușurică! Am luat hotărâri bune și le-am călcat în picioare, am găsit altele, până la urmă mi-am întrerupt studiile pentru ca el să le poată relua pe ale lui. Mi-am suflecat mânecile și timp de trei ani l-am dus la facultate înainte de a merge să-mi pierd vremea în subsolul Luvrului. Făcusem o înțelegere: nu mă plângeam, cu condiția ca el să nu-mi mai vorbească de dumneata. N-am nici un merit. Nu i-am spus niciodată că e cel mai bun. L-am iubit și atâta tot. Iu-bit. Pricepi despre ce vorbesc?

— ...

— Așa că înțelegi de ce sunt furioasă acum...

Ștergeam cu buretele pe lângă mâinile lui puse pe masă.

— Încrederea a revenit, fiul risipitor s-a schimbat. Și-a condus barca precum un om mare și uite-l acum că se leapădă de vechea piele sub privirea înduioșată a tăticului cel rău. Recunoaște că e cam tare, nu?

— ...

— Nu spui nimic?

— Nu. Mă duc să mă culc.

Am dat drumul la mașina de spălat.

— Asta e, noapte bună.

*

* *

Îmi mușcam obrajii.

Păstram pentru mine lucruri înfiorătoare.

Mi-am luat paharul și m-am așezat pe canapea. Mi-am scos pantofii și m-am ghemuit sub perne. M-am ridicat iar, ca să iau sticla de pe masă. Am ațâțat focul, am stins lumina și m-am întors să mă îngrop în tăcere.

Regretam că nu mă îmbătasem încă.
Regretam că sunt acolo.
Regretam... Regretam atâtea lucruri.
Atâtea lucruri...

Mi-am pus capul pe brațul canapelei și am închis ochii.

— Dormi?

— Nu.

S-a dus să-și toarne un pahar și s-a așezat pe fotoliul de alături.

Vântul sufla în continuare. Stăteam în întuneric. Ne uitam la foc.

Din când în când, unul dintre noi bea, iar celălalt îl imita.

Nu ne simțeam nici bine, nici rău. Eram obosiți.

După o lungă tăcere, a spus:

— Știi, n-aș fi așa cum zici tu dacă aș fi avut mai mult curaj...

— Poftim?

Regretam deja că-i răspunsesem. Nu mai voiam să vorbesc despre toată porcăria asta. Voiam să fiu lăsată în pace.

— Se tot vorbește de durerea celor care rămân, dar te-ai gândit vreodată la durerea celor care pleacă?

Oh, oh, îmi spuneam, cât o să-mi mai împuie capul cu teoriile lui nebunul ăsta bătrân?

Îmi căutam din priviri pantofii.

— Mai vorbim mâine, Pierre, mă duc... Sunt sătulă.

— Durerea celor prin care vine nenorocirea... Cei care rămân sunt plânși, consolați, dar cei care pleacă?

— Dar ce mai vor, m-am înfuriat, o coroană pe cap? Un cuvânt de încurajare?

El nu mă auzea.

— Curajul celor care dimineața se privesc în oglindă și articulează răspicat, numai pentru ei, aceste cuvinte: „Am dreptul să greșesc?". Doar cuvintele astea... Curajul să-ți privești viața în față, să nu vezi în ea nimic potrivit, nimic armonios. Curajul de a face praf totul, de a distruge totul... din egoism? Din pur egoism? Și totuși, nu... Atunci ce e? Instinct de supraviețuire? Luciditate? Frică de moarte?

Curajul de a te înfrunta. Măcar o dată în viață. De a te înfrunta, pe tine. Pe tine însuți. Numai pe tine. În sfârșit.

„Dreptul de a greși", o expresie scurtă, un crâmpei de frază, dar cine să ți-l dea? Cine în afară de tine?

Mâinile îi tremurau.

— Eu nu mi l-am dat... Eu nu mi-am acordat nici un drept. Numai îndatoriri. Și uite ce am ajuns: un prostănac bătrân. Un prostănac bătrân în ochii uneia dintre puținele persoane pentru care nutresc ceva stimă. Ce fiasco...

Am avut mulți dușmani. Nu mă laud, nici nu mă plâng, puțin îmi pasă de ei. Dar prieteni... Oameni cărora am vrut să le plac? Așa de puțini, așa de puțini... Tu, printre alții. Tu, Chloé, pentru că ești atât de înzestrată pentru viață. Pentru că o ții cu putere în propriile-ți mâini. Te miști, dansezi, știi să dai tonul într-o casă. Tu ai harul ăsta minunat de a-i face pe cei din jur fericiți. Ești atât de în largul tău, atât de în largul tău pe această mică planetă...

— Am impresia că nu vorbim despre aceeași persoană...

Nu m-a auzit.

Stătea drept. Nu mai vorbea. Nu-și încrucișase picioarele. Paharul îl ținea pe genunchi.

Nu-i vedeam bine fața.

Fața era în umbra fotoliului.

— Am iubit o femeie... Nu vorbesc de Suzanne, vorbesc de altă femeie.

Am făcut ochii mari.

— Am iubit-o mai mult decât orice pe lume. Mai mult decât orice...

Nu știam că se poate iubi atât. În sfârșit, eu, în orice caz, credeam că nu sunt... *programat* să iubesc în felul ăsta. Declarațiile, insomniile, ravagiile pasiunii, toate astea erau bune pentru alții. De altfel, chiar și numai auzul cuvântului pasiune mă făcea să râd. Pasiunea, pasiunea! O plasam undeva între hipnoză și superstiție... Era aproape un cuvânt de rușine în gura mea. Și pe urmă, povestea s-a întors împotriva mea când mă așteptam mai puțin. Eu... Eu am iubit o femeie.

M-am îndrăgostit așa, ca atunci când faci o boală. Fără să vreau, fără să cred, împotriva voinței mele și fără putință să mă apăr după aceea...

Își dregea vocea.

— Și după aceea am pierdut-o. În același fel.

Nu mai mișcam. Mă pocnise o măciucă în cap.

— O chema Mathilde. De altfel, tot Mathilde o cheamă și acum. Mathilde Courbet. Ca pe pictor...

Aveam patruzeci și doi de ani și mă socoteam deja bătrân. Oricum, totdeauna m-am socotit bătrân. Tânărul era Paul. Paul va fi mereu tânăr și frumos.

Eu sunt Pierre. Harnicul, truditorul.

La zece ani aveam deja figura de acum. Aceeași tunsoare, aceiași ochelari, aceleași gesturi, aceleași mici manii. Îmi închipui că la zece ani schimbam deja farfuria când ajungeam la brânză...

Îi zâmbeam pe întuneric.

— Patruzeci și doi de ani... Ce mai aștepți de la viață la patruzeci și doi de ani?

Eu, nimic. Nu așteptam nimic. Eu munceam. Întruna, întruna, la nesfârșit. Era ținuta mea de camuflaj, armura mea, alibiul meu. Alibiul meu ca să nu trăiesc. Fiindcă nu-mi plăcea în mod deosebit să trăiesc. Credeam că nu sunt înzestrat pentru asta.

Inventam dificultăți, munți de urcat. Foarte înalți. Foarte abrupți. Și pe urmă îmi suflecam mânecile. Îi urcam și iar inventam alții. Totuși, nu eram ambițios, eram lipsit de imaginație.

A luat o înghițitură.

— Eu... Habar n-aveam de toate astea, știi... De la Mathilde le-am aflat. Oh, Chloé... Cât o iubeam... Cât o iubeam... Mai ești aici?

— Da.

— Mă asculți?
— Da.
— Te plictisesc?
— Nu.
— O să adormi?
— Nu.

S-a ridicat să mai pună un butuc pe foc. A rămas pe vine în fața șemineului.

— Știi ce-mi reproșa? Îmi reproșa că sunt prea vorbăreț. Îți dai seama? Eu... Prea vorbăreț! De necrezut, nu? Și totuși, adevărat... Îmi puneam capul pe pântecele ei și vorbeam. Vorbeam ore în șir. Ba chiar zile în șir. Auzeam sub piele sunetul vocii mele devenită atât de gravă și îmi plăcea. O adevărată moriscă de vorbe... O amețeam. O potopeam. Ea râdea. Îmi zicea, „hai, stop, nu mai vorbi atâta, nu te mai aud. De ce vorbești așa?“

Aveam patruzeci și doi de ani de tăcere de recuperat. Patruzeci și doi de ani de când tăceam, de când păstram totul pentru mine. Ce spuneai tu adineaori? Că tăcerea mea seamănă a dispreț, nu-i așa? E dureros, dar pot să înțeleg, pot să înțeleg reproșurile care mi se fac. Le înțeleg, dar n-am chef să mă apăr. Tocmai aici e problema, de altfel... Dar dispreț, nu cred. Oricât de incredibil ar putea să ți se pară, cred că tăcerea mea seamănă mai mult a timiditate. Nu mă iubesc destul ca să dau vreo importanță vorbelor mele. Cântărește-ți vorba înainte să deschizi gura, spune proverbul. Eu mi-o cântăresc tot timpul, prea mult chiar. Îi descurajez pe cei din jur... Nu mă iubeam înainte să o întâlnesc pe Mathilde și mă iubesc chiar mai puțin de atunci încoace. Presupun că din cauza asta sunt dur...

S-a așezat din nou.

— Sunt dur la firmă, dar asta-i din cauză că joc un rol, înțelegi? Sunt obligat să fiu dur. Obligat să-i fac să mă creadă fioros. Îți închipui ce-ar fi dacă mi-ar ghici secretul? Dacă ar afla că sunt timid? Că sunt obligat să lucrez de trei ori mai mult decât ceilalți ca să ajung la același rezultat ca ei? Că am o memorie slabă? Că-mi trebuie timp până ce pricep ceva? Îți dai seama? Dacă ar ști toate astea, m-ar mânca de viu!

Și pe urmă, nu știu să mă fac iubit... N-am charismă, cum se spune. Dacă anunț o mărire de salariu, o fac pe un ton tăios, dacă mi se mulțumește nu răspund, când vreau să fac un gest oricât de mic, mă rețin, iar dacă am o veste bună, o pun pe Françoise să o comunice.

Pe planul managementului, al resurselor umane, cum se mai zice, sunt o calamitate. O adevărată calamitate.

Tot Françoise e cea care m-a înscris, împotriva voinței mele, la un fel de stagiu pentru patroni neînzestrați. Ce gogoși... Două zile închiși la Concorde La Fayette, lângă Porte Maillot, ca să înghițim ghiveciul demagogic al unei psihiatre și al unui american surescitat. La sfârșit, americanul își vindea cărțulia. *Be the Best and Work in Love* se chema. Dumnezeule, ce tâmpenie, când mă gândesc...

Îmi amintesc că la sfârșitul stagiului ne-au dat o diplomă de patron amabil și înțelegător. I-am oferit-o lui Françoise, care a prins-o cu pioneze în dulapul în care se țin detergenții și sulurile de hârtie igienică.

„A fost bine?, m-a întrebat ea.

— A fost deplorabil."

A zâmbit.

„Ascultă, Françoise", am adăugat, „dumneata, care ești aici ca bunul Dumnezeu, spune-le celor interesați că nu sunt amabil, dar că nu-și vor pierde niciodată locul de muncă pentru că aș fi prea tare la aritmetică.

— Amin, a murmurat ea plecând capul."

Era adevărat însă. În douăzeci și cinci de ani de tiranie, n-am avut nici o grevă și n-am dat afară pe nimeni. Chiar și atunci când a fost așa de greu, la începutul anilor '90, n-am dat afară pe nimeni. Pe nimeni, pricepi?

— Și Suzanne?

— ...

— De ce ești așa de dur cu ea?

— Mă socotești dur?

— Da.

— În ce fel dur?

— Dur.

Și-a lăsat din nou capul pe spătarul fotoliului.

— Când Suzanne și-a dat seama că o înșelam, n-o mai înșelam de multă vreme. Aveam... O să-ți povestesc asta mai târziu... Pe vremea aceea locuiam pe strada Convention. Nu-mi plăcea apartamentul. Nu-mi plăcea cum îl aranjase. Mă sufocam în el. Prea multă mobilă, prea multe bibelouri, prea multe fotografii de-ale noastre, prea mult din toate. Ți-o spun, dar n-are nici o importanță... Veneam în apartament ca să dorm și pentru că familia mea locuia acolo. Atât și nimic mai mult. Într-o seară mi-a cerut s-o duc undeva să cinăm. Am mers pe jos, undeva aproape de casă. Un soi de pizzerie jalnică. Lumina neonului îi dădea o înfățișare de speriat. Și ea, care își compusese deja o figură de femeie jignită, nu făcea decât să strice și mai rău lucrurile. Era o cruzime, dar n-o făcusem anume, îți dai seama. Deschisesem ușa primei crâșme ivite în cale... Presimțind ce avea să urmeze, n-aveam chef să mă găsesc departe de culcușul meu. Și, într-adevăr, n-am așteptat mult. Abia a pus jos meniul că a și izbucnit în plâns.

Știa totul. Că era vorba de o femeie mai tânără. Știa de când dura și înțelesese de ce eram mereu plecat de la o vreme. Nu mai putea suporta. Eram un monstru. Merita atât dispreț? Merita ea să fie tratată așa? Ca o slujnică? La început închisese ochii. Bănuia ceva, dar avea încredere în mine. Credea că e o nebunie, o inflamare, dorința de a plăcea încă. Ceva liniștitor pentru virilitatea mea. Și pe urmă, mai era și munca mea. Munca mea atât de solicitantă, atât de grea. Iar ea era prinsă cu amenajarea noii locuințe. Nu putea să se ocupe de toate odată. Nu putea să fie pe toate fronturile în același timp! Avea încredere în mine! După aceea venise boala mea și ea închisese ochii. Dar aici, acum, nu mai putea suporta. Nu, nu mă mai putea suporta. Egoismul meu, disprețul meu, modul în care... În momentul acela chelnerul a întrerupt-o, iar ea, într-o jumătate de secundă, și-a schimbat masca. Zâmbindu-i, i-a cerut precizări despre niște tortellini cu nu știu ce. Eram fascinat. Când s-a întors spre mine, am bâlbâit un: „Eu... Ca și Doamna" disperat. Nici o secundă nu m-am gândit la prăpăditul ăla de meniu, îți închipui... Nici o secundă...

Atunci am avut măsura forței ei. Forța ei imensă. Tăvălugul, ea e. Atunci am aflat că era de departe cea mai solidă și că nimic nu putea s-o atingă cu adevărat. La urma urmei, nu era decât o problemă stupidă de organizare a timpului. Îmi căuta nod în papură acum, pentru că acum casa ei de pe malul mării era terminată. Odată ce ultimul tablou fusese agățat, ultima vergea pusă la locul ei, putuse în sfârșit să se ocupe de mine și fusese îngrozită de ce descoperise.

Abia îi răspundeam, mă apăram fără vlagă, cum ți-am spus, deja o pierdusem pe Mathilde în momentul acela...

O priveam pe nevastă-mea agitându-se în fața mea într-o pizzerie jalnică din arondismentul cincisprezece parizian fără s-o mai aud.

Ea gesticula, lăsa să-i curgă lacrimi mari pe obraji, își ștergea nasul, ștergea și farfuria de sos. În timpul ăsta, eu învârteam la nesfârșit două-trei spaghete pe furculiță fără să reușesc să le duc la gură. Și aveam mare chef să plâng, dar mă abțineam.

— De ce te abțineai?

— Chestiune de educație, bănuiesc... Și pe urmă, mă simțeam încă atât de fragil... Nu puteam să-mi iau riscul de a mă lăsa dus de val. Nu acolo. Nu atunci. Nu cu ea. Nu în crâșma aia sordidă... Eram... Cum să-ți spun... atât de friabil.

Mi-a povestit după aceea că se consultase cu un avocat, ca să înceapă procedura de divorț. Deodată am devenit mai atent. Un avocat? Suzanne cerând divorțul? Nu-mi închipuiam că lucrurile merseseră atât de departe, că fusese rănită într-atât... O văzuse pe femeia aceea, cumnata uneia dintre prietenele ei. Ezitase mult, dar, întorcându-ne dintr-un weekend, se hotărâse. O luase în mașină pe drumul de întoarcere, când nu-i vorbisem decât o singură dată, întrebând-o dacă are mărunțiș pentru taxa de autostradă. Născocise un fel de ruletă rusească conjugală: dacă Pierre îmi vorbește, rămân, dacă nu vorbește, divorțez.

Eram tulburat. N-o știam atrasă de jocurile de noroc.

Culoarea îi revenise în obraji și mă privea acum cu mai mult aplomb. Bineînțeles, s-a descărcat de toate. Călătoriile mele tot mai lungi, tot mai dese, dezinteresul meu pentru viața de familie, copiii pe care parcă nici nu-i vedeam, carnetele de note pe care nu le semnasem niciodată, anii pierduți ca să organizeze totul în jurul meu. Pentru confortul meu, pentru întreprindere. Întreprindere care aparținea familiei ei, adică ei, în treacăt fie spus. Se sacrificase ca persoană. O îngrijise pe sărmana mea mamă până la capăt. În sfârșit, tot, ce să mai vorbim, tot ce simțea nevoia să povestească și, în plus, tot ce le place avocaților să audă ca să poată calcula despăgubirile.

Începusem și eu să-mi vin în fire, ajunsesem pe un teren cunoscut. Ce voia? Bani? Cât? Să-mi fixeze o sumă. Scosesem carnetul de cecuri.

Dar nu, mă cunoștea foarte bine, credeam că am să scap așa de ieftin?... Eram cu adevărat jalnic. Reîncepuse să hohotească între două înghițituri de tiramisu. De ce nu voiam să înțeleg nimic? Nu există numai raporturi de forță în viață. Banii nu pot cumpăra totul. Și nici răscumpăra totul. Mă prefăceam cumva că nu înțeleg nimic? Am suflet? Eram cu adevărat jalnic. Jalnic...

„Atunci de ce nu ceri divorțul?", i-o trântisem eu în final, agasat, iau toată vina asupra mea. Toată, mă auzi? Chiar și caracterul îngrozitor al mamei mele, sunt de acord să semnez undeva, ca dovadă că recunosc, dacă asta îți convine, dar nu-ți lua pe cap un avocat, te rog, spune-mi mai bine cât vrei."

Am înfuriat-o de-a binelea.

Și-a ridicat capul și m-a privit drept în ochi. Era pentru prima dată după atâția ani că ne priveam așa de îndelung. Am încercat să descopăr ceva nou pe fața ei. Tinerețea noastră, poate... Vremurile când n-o făceam să plângă. Când nu făceam să plângă nici o femeie și când până și ideea de a trăncăni despre dragoste la o masă mi se părea de neconceput.

Dar n-am descoperit nimic, afară de strâmbătura cam tristă a unei soții învinse care se pregătea să treacă la destăinuiri. Nu s-a mai dus la avocată pentru că nu avea curajul. Îi plăceau viața ei, casa ei, copiii ei, comercianții ei... Îi era rușine să și-o mărturisească, și totuși ăsta era adevărul: n-avea curajul să mă părăsească.

Nu avea curajul.

Puteam să alerg după altele dacă așa îmi convenea, puteam să mă culc cu altele dacă asta mă liniștea, dar ea, ea nu va pleca. Nu voia să piardă ce câștigase. Eșafodajul social. Prietenii noștri, relațiile noastre, prietenii copiilor. Pe urmă, mai era și casa aceea minunată în care nu apucasem încă să dormim... Era un risc pe care nu-i venea să și-l ia. La urma urmelor, de ce să se sinchisească? Sunt atâția bărbați care-și înșală nevestele... O mulțime chiar... Se spovedise și fusese decepționată de banalitatea poveștii ei. Așa era. De vină e doar ce ne atârnă între picioare. Trebuie să reziști și să lași să treacă furtuna. Făcuse primul pas, dar ideea de a nu mai fi doamna Pierre Dippel îi îngheța sângele în vine. Asta era situația și nu era nimic de făcut. Fără copii, fără mine, nu însemna nimic.

I-am întins batista. „Nu-i grav“, a adăugat ea silindu-se să zâmbească, „nu-i grav... Rămân lângă tine pentru că n-am găsit ceva mai bun de făcut. O dată m-am organizat prost și eu. Eu care prevăd totdeauna totul, eu, acum... M-am lăsat depășită, s-ar zice“.

Surâdea printre lacrimi.

Am bătut-o încetișor pe mână. Gata! Eram acolo. Nu mai eram cu nimeni altcineva. Cu nimeni. Gata! Se terminase...

Ne-am băut cafelele comentând prostul gust al decorației încăperii și amuzându-ne de mustața patronului.

Doi vechi prieteni plini de cicatrice.

Ridicasem un pietroi și îl lăsasem îndată să cadă.

Prea era înspăimântător ce mișuna sub el.

În noaptea aceea, pe întuneric, am ținut-o cast pe Suzanne în brațe. Mai mult nu puteam face.

A fost încă o noapte albă pentru mine. În loc să mă liniștească, mărturisirile ei m-au zdruncinat de tot. Trebuie să spun că mă simțeam tare rău în vremea aceea. Tare rău. Tare rău. Totul mă jupuia de viu. Mă găseam într-o situație într-adevăr chinuitoare: o pierdusem pe cea pe care o iubeam și tocmai pricepusem că o zdrobisem pe cealaltă. Ce tablou... Pierdusem dragostea vieții mele pentru a rămâne cu o femeie care nu mă părăsea din cauza furnizorului ei de brânză și a celui de mezeluri. Era inextricabil. Era un sabotaj. Nici Mathilde, nici Suzanne nu meritaseră așa ceva. Ratasem totul. Niciodată nu m-am simțit atât de mizerabil...

Medicamentele nu puteau aranja nimic nici ele, e sigur, dar dacă aș fi fost mai curajos, m-aș fi spânzurat în noaptea aia.

Și-a dat capul pe spate ca să-și golească paharul.

— Dar Suzanne? Nu e nefericită cu dumneata...

— Crezi? Cum poți să spui așa ceva? Ți-a spus ea că-i fericită?

— Nu. Nu în felul ăsta. Nu asta mi-a spus, dar m-a lăsat să înțeleg... În orice caz, nu e genul de femeie care să se oprească un moment ca să se întrebe dacă e fericită...

— Nu, într-adevăr, nu e genul... În asta stă forța ei, de altfel. Dar să știi, dacă eram așa de nefericit în noaptea aceea, vina era mai ales a ei. Când văd ce a ajuns... O matroană, atât de convențională... Și dacă ai ști ce minune de fată era când am întâlnit-o... Nu sunt mândru de mine, nu, e adevărat, n-am cu ce să mă fălesc. Am sufocat-o. Am ofilit-o. Pentru mine, ea a fost mereu ce e acum. Prin apropiere. La mâna mea. La capătul firului. Cu copiii. În bucătărie. Un soi de vestală care cheltuia banii pe care îi câștigam și făcea ca mica noastră lume să fie confortabilă, fără să se plângă. N-am văzut niciodată mai departe de atât.

Ce secret de-al ei am încercat să dezleg? Nici unul. Am întrebat-o eu vreodată despre ea, copilăria ei, amintirile ei, regretele ei, lehamitea ei, viața noastră sexuală, speranțele ei înșelate, visele ei? Nu. Niciodată. Nimic. Nimic nu mă interesa.

— Nu mai exagera, Pierre. Nu poți să-ți pui totul în cârcă. Autoflagelarea are farmecul ei, dar oricum... Nu ești credibil în chip de Sfântul Sebastian, să știi...

— E bine, nu-mi treci cu vederea nimic. Ești mica și preferata mea zeflemistă. De asta nu-mi convine să te pierd. Cine o să mă mai scuture când n-o să mai fii aici?

— O să luăm prânzul împreună din când în când...

— Promiți?

— Da.

— Așa zici tu acum și pe urmă nu te ții de cuvânt, sunt sigur...

— Stabilim un ritual, prima vineri a fiecărei luni, de exemplu...

— De ce vinerea?

— Pentru că îmi place peștele de calitate. O să mă duci la restaurante bune, nu-i așa?

— La cele mai bune.

— Ah, ce bucuroasă sunt... Dar nu prea curând...

— Nu prea curând?

— Nu.

— Când?

— ...

— Bine, o să am răbdare.

Mișcam un butuc din foc.

— Ca să ne întoarcem la Suzanne... Pentru latura asta de matroană, cum îi zici, n-ai nici o vină, slavă Domnului. Există totuși lucruri pe care și le poate revendica fără să poarte pecetea dumitale. Știi, e ca și cu produsele englezești care se împăunează cu formula „*by appointment to Her Majesty*". Suzanne a devenit ce este fără să fi avut nevoie să-i fii „furnizor". Cam scoți omul din sărite, dar nu ești totuși atotputernic! Latura asta de stăpână care aleargă după solduri și fișe cu rețete de bucătărie, n-a avut nevoie de dumneata ca să și-o agațe în panoplie. E din născare, cum se zice. Are asta în sânge, latura asta *Șterg praful Comentez Judec și Iert*. E obositor, cel puțin pe mine mă obosește, dar e reversul medaliilor ei și Dumnezeu știe că are destule medalii, nu?

— Da. Dumnezeu trebuie s-o știe, El... Vrei să bei ceva?

— Nu, mulțumesc.

— Un ceai, poate?

— Nu, nu. Prefer să mă îmbăt incetișor...

— Bine... Hai să te las în pace.

— Pierre?

— Da.

— Nu-mi revin.

— Din ce?

— Din tot ce mi-ai povestit...

— Nici eu.

— Și Adrien?

— Ce-i cu Adrien?

— O să-i spui?

— Ce să-i spun?

— Ei bine... Toate astea.

— Adrien a venit să mă vadă, închipuie-ți.

— Când?

— Săptămâna trecută și... Nu i-am vorbit. Adică nu i-am vorbit despre mine, dar l-am ascultat...

— Ce ți-a spus?

— Ce ți-am spus, ce știam deja... Că e nefericit, că nu mai știe încotro s-o apuce.

— A venit să ți se spovedească?

— Da.

Am început iar să plâng.

— Te miră?

Dădeam din cap.

— Mă simt trădată. Chiar și de dumneata. Dumneata... Detest așa ceva. Eu nu i-aș face nimănui așa ceva, eu...

— Calmează-te. Amesteci lucrurile. De unde până unde trădare? Unde e trădarea? A venit fără să anunțe și, de cum l-am văzut, i-am propus să ieșim. Mi-am închis mobilul și am coborât în parcare. În clipa în care am întors cheia în contact, mi-a spus: „O s-o părăsesc pe Chloé". N-am scos o vorbă. Am ieșit din parcare. Nu voiam să-i pun întrebări, așteptam să vorbească el... Mereu aceeași problemă, a copilului care trebuie scos din încurcătură... Nu voiam să forțez nota. Nu știam încotro s-o iau. Eram și eu cam zguduit, ca să fiu sincer. Am luat-o pe strada Maréchaux și am tras scrumiera.

— Și atunci? am spus.

— Atunci nimic. E căsătorit. Are doi copii. S-a gândit. El crede că merită...

— Taci, taci din gură... Cunosc urmarea.

M-am ridicat să iau sulul de hârtie Sopalin.

— Trebuie să fii mândru de el, nu? E bine ce face, nu? Așa, măcar e bărbat! Un tip curajos. Ce frumoasă revanșă îți oferă acum! Ce frumoasă revanșă...

— Nu lua tonul ăsta!

— Iau ce ton vreau și o să-ți spun ce gândesc... Ești mai rău decât el. Dumneata ai ratat totul. Da, cu toate aerele pe care ți le dai, ai ratat totul, iar escapadele lui amoroase te ajută să te consolezi. Găsesc că e jalnic. Îmi faceți greață amândoi.

— Spui ce-ți vine la gură. Îți dai seama, nu-i așa? Știi că spui ce-ți vine la gură?

Îmi vorbea cu mare blândețe.

— Dacă ar fi fost vorba doar de o escapadă amoroasă, n-am fi ajuns în situația asta, știi prea bine...

— Chloé, vorbește-mi.

— Sunt proasta proastelor... Nu. Măcar o dată să nu mă contrazici. Nu mă contrazice dacă vrei să-mi faci plăcere.

— Pot să-ți mărturisesc ceva? O mărturisire foarte greu de făcut.

— Dă-i drumul; în starea în care sunt...

— Mă gândesc că e un lucru bun.

— Ce anume-i bun?

— Ce ți se întâmplă acum...

— Că sunt proasta proastelor?

— Nu, că Adrien se îndepărtează. Cred că meriți mai mult de-atât... Mai mult decât veselia asta cam forțată... Mai mult decât să-ți pilești unghiile în metrou răsfoindu-ți agenda, mai mult decât scuarul Firmin-Gédon, mai mult decât ce ați ajuns amândoi. E șocant ce-ți spun acum, nu-i așa? Și pe urmă, de ce să mă amestec, nu? Da, e șocant, dar n-are decât să fie. Nu pot să mă prefac, țin prea mult la tine. Cred că Adrien nu era la înălțime. A țintit prea sus cu tine. Uite ce cred...

E șocant pentru că e băiatul meu și n-ar trebui să vorbesc așa despre el... Da, știu. Dar, asta e, sunt un prost bătrân și nu mă sinchisesc de buna-cuviință. Ți-o spun pentru că am încredere în tine. Tu... tu nu ai fost iubită cum ar fi trebuit. Și dacă ai fi la fel de cinstită ca mine, în acest moment al vieții tale, ți-ai lua un aer ofensat, bineînțeles, dar ai gândi la fel...

— Spui ce-ți vine la gură.

— Poftim. Aerul ofensat...

— Cazi în psihanaliză acum?

— N-ai auzit niciodată în tine o voce care să te zgândăre din când în când ca să-ți aducă aminte că nu ești iubită cum ar trebui?

— Nu.

— Nu?

— Nu.

— Bine. Atunci înseamnă că mă înșel...

S-a apropiat sprijinindu-și mâinile pe genunchi.

— Eu cred că ar trebui să ieși într-o zi...

— Să ies de unde?

— De la al treilea subsol.

— Despre orice ai câte o părere, nu?

— Nu. Nu despre orice. Ce înseamnă munca asta de ucenic în subsolurile unui muzeu, când se știe de ce ești capabilă? E timp pierdut. Ce faci tu acolo? Cópii? Mulaje? Meșterești. Frumoasă treabă! Până când? Până la pensie? Nu-mi spune că ești fericită în gaura aia de funcționari-șobolani...

— Nu, nu, am zis eu ironic, n-o să-ți spun asta, liniștește-te.

— Eu, dacă aș fi iubitul tău, te-aș apuca de grumaz și te-aș scoate la lumină. Mâinile tale valorează ceva, și o știi. Asumă asta. Asumă-ți calitățile. Asumă-ți răspunderea asta. Eu te-aș duce undeva și ți-aș spune: „E rândul tău acum. E rândul tău să joci, Chloé. Arată-ne ce zace în tine".

— Și dacă nu zace nimic?

— Ei bine, ar fi o ocazie să aflăm. Și nu-ți mai mușca buza, îmi face rău.

— Cum de ai atâtea idei bune pentru alții și atât de puține pentru dumneata?

— Am răspuns deja la întrebarea asta.

— Ce-i?

— Mi s-a părut că am auzit-o pe Marion plângând...

— Nu aud...

— Sst...

— Gata, a adormit iar.

M-am așezat din nou și mi-am tras pătura.

— Vrei să mă duc să văd?

— Nu, nu. Să mai așteptăm puțin.

— Și ce merit eu, după părerea dumitale, domnule Știe-tot?

— Meriți să fii tratată ca ceea ce ești.

— Adică?

— Ca o prințesă. O prințesă a Timpurilor moderne.

— Pfui... Vorbești ca să nu taci.

— Da, sunt gata să spun orice. Orice, numai ca să te fac să zâmbești... Zâmbește-mi, Chloé.

— Ești nebun.

Se ridicase.

— Ah... Perfect! E mai bine așa. Începi să spui mai puține prostii... Da, sunt nebun, și mai știi ce? Sunt nebun și mi-e foame! Ce-aș putea să mănânc ca desert?

— Uită-te în frigider. Ar trebui terminate iaurturile fetelor...

— Unde sunt?

— Jos de tot.

— Chestiile astea roz?

— Da.

— Nu-s rele...

Își lingea lingurița.

— Ai văzut cum le spune?

— Nu.

— Uită-te, ți se potrivesc.

— *Hoțomanii...* Nu-i rău!

*
* *

— Am face mai bine să ne ducem la culcare, nu crezi?

— Ba da.

— Ți-e somn?

Eram contrariată.

— Cum vrei să dorm după tot ce am răscolit? Am impresia că amestec într-o ditamai căldarea...

— Eu descâlcesc ghemul meu, tu amesteci în căldarea ta. Ce imagini nostime folosim...

— Dumneata, matematicianul, și eu, bunicuța.

— Bunicuța? Prostii. Prințesa mea, o bunicuță... O, Doamne, Doamne! Câte prostii ai mai spus în seara asta!

— Ești penibil, să știi!

— Foarte.

— De ce?

— Nu știu. Poate pentru că spun ce gândesc. Nu mi se întâmplă des... Nu mă mai tem că nu sunt iubit.

— Nici de mine?

— O, tu mă iubești, nu-mi fac griji!

— Pierre?

— Da.

— Ce s-a întâmplat cu Mathilde?

M-a privit. A deschis gura, pe urmă a închis-o la loc. Și-a încrucișat picioarele, pe urmă și le-a îndepărtat iar. S-a ridicat. A umblat la foc și a sprânjit cărbunii. Și-a lăsat capul în jos și a șoptit:

— Nimic. Nu s-a întâmplat nimic. Sau foarte puțin. Așa de puține zile, așa de puține ore... Aproape nimic, de fapt.

— N-ai chef să vorbești?

— Nu știu.

— N-ai mai revăzut-o niciodată?

— Ba da. O dată. Acum câțiva ani. În parcul de la Palais Royal.

— Și-atunci?

— Atunci, nimic.

— Cum ai întâlnit-o?

— Știi... Dacă încep, nu știu când o să mă opresc...

— Ți-am spus, nu mi-e somn.

A început să examineze desenul lui Paul. Cuvintele nu-i veneau...

— Când s-a întâmplat?

— Era... Am văzut-o prima dată pe 8 iunie 1978, cam pe la unsprezece dimineața, ora locală din Hong Kong. Eram la etajul douăzeci și nouă al turnului

Hyatt, în biroul unui oarecare domn Singh care avea nevoie de mine ca să foreze undeva în Taiwan. Îți vine să zâmbești?

— Da, așa-i. Lucra cu dumneata?

— Era traducătoarea mea.

— Din chineză?

— Nu, din engleză.

— Păi, vorbești englezește.

— Nu bine. Nu destul de bine ca să tratez genul ăsta de afaceri, sunt atâtea subtilități. La nivelul ăsta nu mai e limbaj, e prestidigitație. Îți scapă un subînțeles și pierzi rapid firul. Afară de asta, nu cunoșteam termenii exacți ca să traduc jargonul tehnic de care aveam nevoie în ziua aia și, colac peste pupăză, nu m-am obișnuit niciodată cu accentul chinezilor. Mi se pare că aud „ting ting" la sfârșitul fiecărui cuvânt. Vorbesc de cuvintele pe care nu le molfăie, evident.

— Așadar?

— Așadar, eram derutat. Mă așteptam să lucrez cu un bătrân domn englez, un traducător nativ cu care Françoise se sclifosise la telefon: „O să vedeți, un adevărat gentleman...".

Nici pomeneală! Iată-mă sub presiune, decalat cu o noapte, neliniștit, încordat, tremurând ca varga, și nici urmă de englez la orizont. Era o afacere enormă, care ar fi putut face să meargă întreprinderea mai bine de doi ani. Nu știu dacă poți să-ți dai seama...

— Ce vindeai, de fapt?

— Cuve.

— Cuve?

— Da, dar stai... Nu cuve obișnuite, cuve...

— Lasă, nu mă interesează! Zi mai departe!

— Deci, cum îți spuneam, eram cu nervii la pământ. Lucram la proiectul ăsta de luni de zile, investisem în el un capital enorm. Îndatorasem întreprinderea și pusesem la bătaie și micile mele economii. Puteam să amân închiderea unei fabrici din apropiere de Nancy. Optsprezece oameni. Îi aveam și pe frații Suzannei în cârcă și știam că mă așteaptă la cotitură, că n-o să mă cruțe defel hahalerele alea... Pe deasupra, aveam o diaree turbată. Scuză-mă că sunt așa de prozaic, dar... Ce mai tura-vura, am intrat în birou cum cobori într-o arenă și când am înțeles că-mi puneam viața în mâinile acelei... acelei... acelei creaturi, am fost cât pe ce să leșin.

— De ce?

— Știi, petrolul era o lume foarte machistă. Acum, lucrurile s-au mai schimbat, dar pe vremea aceea nu vedeai multe femei...

— Afară de asta, și dumneata...

— Eu ce?

— Ești cam machist.

N-a zis nu.

— Stai puțin, pune-te o clipă în locul meu! Mă așteptam să strâng mâna unui bătrân englez flegmatic, un tip experimentat în obiceiurile și în năravurile din colonii, cu mustăți și costum șifonat, și iată-mă salutând o tinerică, trăgând cu ochiul la decolteul ei... O, te asigur, era prea mult pentru mine. N-aveam nevoie de așa ceva... Pământul îmi fugea de sub picioare. Ea îmi spunea că Mister Magoo al ei era bolnav, că o anunțaseră seara, în ajun, și îmi strângea mâna cu putere ca să-mi dea curaj. În sfârșit, așa mi-a spus după, că mă scuturase ca pe un prun fiindcă i se păruse că sunt cam livid.

— Îl chema într-adevăr Mister Magoo?

— Nu. Zic și eu așa.

— Și pe urmă?

— Pe urmă i-am șoptit la ureche: „Dar sunteți la curent... Vreau să spun, cu datele problemei... E destul de specific... Nu știu dacă ați fost prevenită...". Și atunci, ea mi-a surâs fermecător. Un surâs fermecător care voia să spună cam așa: „Sstt. Nu mă zăpăci, omule".

Eram terminat.

M-am aplecat spre gâtul ei drăgălaș. Mirosea bine. Dumnezeiește de bine... Totul se amesteca în capul meu. Era o catastrofă. Mi se așezase în față, în dreapta unui chinez vesel care mă cam strângea de boașe, dacă pot să-mi permit. Ea își așezase bărbia pe mâinile încrucișate și-mi arunca priviri încrezătoare, ca să-mi dea curaj. Era ceva crud în zâmbetele alea din colțul gurii, eram în rahat până-n gât, dar îmi dădeam bine seama. Nu mai respiram. Îmi țineam brațele încrucișate pe burtă, ca să-mi strunesc pântecăraia, și mă rugam la ceruri. Eram la mâna ei. Aveam să trăiesc cele mai frumoase ore din viața mea.

— Ce bine povestești...

— Îți bați joc de mine.

— Nu, nu, deloc!

— Ba da. Îți bați joc de mine. Mă opresc.

— Nu, te rog! Nu te opri. Și pe urmă?

— Mi-ai tăiat elanul.

— N-o să mai zic nimic.

— ...

— Și după aia?

— După ce?

— După, cu chinezoiul, cum a fost?

— Zâmbești. De ce zâmbești? Povestește-mi!

— Zâmbesc pentru că a fost ceva de necrezut... Pentru că situația era complet de necrezut...

— Nu mai zâmbi singur! Povestește-mi! Povestește-mi, Pierre!

— Ei bine... Mai întâi, a scos din poșetă un toc de ochelari, un toc mic de plastic, imitație de crocodil. Cu multă gravitate. Pe urmă și-a pus pe nas o pereche de ochelari îngrozitori. Știi, ochelarii ăia mici și severi cu ramă de metal. Ochelari de învățătoare la pensie. Din momentul ăla fața i s-a închis. Nu mă mai privea ca înainte. Mă privea în ochi și aștepta să-mi recit lecția.

Eu vorbeam, ea traducea. Eram fascinat pentru că își începea frazele înainte ca eu să le fi terminat pe ale mele. Nu știu cum reușea turul ăsta de forță. Asculta și repeta aproape totul în același timp. Era o traducere simultană. Era fascinant... Într-adevăr... La început vorbeam rar, pe urmă din ce în ce mai repede. Cred că încercam deja s-o încurc puțin. Ea nu clipea. Din contră, se distra terminând frazele înaintea mea. Deja mă făcea să simt cât sunt de previzibil...

Apoi s-a ridicat ca să traducă niște curbe de pe un panou. Am profitat ca să-i privesc picioarele. Avea ceva puțin desuet, demodat, cu totul anacronic. Purta o fustă ecosez până la genunchi, un twin-set verde închis, niște... De ce râzi iar?

— Pentru că spui „twin-set". De asta râd.

— Și ce-i cu asta? Nu văd ce-i așa de nostim! Cum altfel ai vrea să spun?

— Nicicum, nicicum...

— Ești o proastă...

— Nu mai spun nimic, nimic.

— Chiar și sutienul îi era demodat... Avea pieptul înălțat, ca fetele din tinerețea mea. Sâni frumoși, nu prea mari, un pic depărtați, ascuțiți... Bine făcuți, ce să mai vorbim. Afară de asta, eram fascinat de pântecele ei. Un pântece rotunjor, bombat ca un piept înfoiat de pasăre. O burticică adorabilă care deforma carourile fustei și pe care o vedeam... deja la dispoziția mea. Încercam să-i văd picioarele când i-am observat tulburarea. Tăcuse. Era foarte roz. Fruntea, obrajii, gâtul erau roz. Roz ca un răcușor. Mă privea speriată.

„Ce s-a întâmplat? am întrebat.

— Ați priceput ce a spus?

— Nu... Nu. Ce a zis?

— N-ați priceput sau n-ați auzit?

— Eu... Nu știu... N-am ascultat, cred..."

Se uita în jos. Era emoționată. Îmi imaginam ce e mai rău, dezastrul, gafa, grosolănia... și eu ștergând-o pe furiș, în timp ce ea își strângea cocul.

„Ce se întâmplă? E vreo problemă?"

Chinezul râdea, îi spunea ceva ce eu tot nu pricepeam. Eram complet pierdut. Nu înțelegeam nimic. Treceam drept un prost, chiar așa!

„Dar ce tot spune? Spuneți-mi ce a spus!!"

Ea se bâlbâia.

„S-a dus dracului, nu-i așa?

— Nu, nu, nu cred...

— Atunci ce e?

— Domnul Singh se întreabă dacă e o idee bună să trateze o afacere așa de importantă cu dumneavoastră astăzi...

— Dar de ce? Ce nu merge?"

M-am întors spre el ca să-l liniștesc. Dădeam prostește din cap și încercam să-mi compun un surâs de *french manager* cuceritor. Trebuie să fi fost ridicol... Și grăsanul ăla continua să se amuze... Era așa de mulțumit de el însuși că nici nu i se mai vedeau ochii.

„Am spus vreo prostie?

— Nu.

— Ați spus dumneavoastră o prostie?

— Eu? Nu. Mă mulțumesc să repet păsăreasca dumneavoastră.

— Atunci ce-i?"

Simțeam picături mari de sudoare sub braț.

Ea râdea, își făcea vânt. Părea cam nervoasă.

„Domnul Singh spune că nu sunteți concentrat.

— Ba da, sunt concentrat! Sunt foarte concentrat! *I am very concentrated!*

— *No, no*, a răspuns el dând din cap.

— Domnul Singh zice că nu sunteți concentrat pentru că sunteți pe punctul de a vă îndrăgosti, iar domnul Singh nu vrea să trateze o afacere cu un francez care se îndrăgostește. Zice că e prea periculos."

Acum eu mă făcusem stacojiu.

„Nu, nu... *No, no!* E în regulă. *I am fine, I mean, I am calm... I... I...*"

Și întorcându-mă spre ea:

„Spuneți-i că nu-i adevărat. Că totul e în ordine. Că în ce mă privește totul e în regulă. Spuneți-i că... *I am okay. Yes, yes. I'm okay*".

Mă agitam.

Ea își regăsise surâsul de la început.

„Nu-i adevărat?"

În ce rahat mă băgasem?

„Nu, în sfârșit, ba da, în sfârșit, nu sau, oricum, nu asta e problema... Eu... *There is NO problem, I am fine!*"

Cred că-și băteau joc de mine. Grăsanul de Singh, acoliții lui și domnișoara.

Ea n-a încercat să mă ajute.

„E adevărat sau nu e adevărat?“

Ce scârbă. Oare chiar era momentul?

„Nu-i adevărat, am mințit eu.

— Aah, bine! M-ați speriat...“

Ce scârbă, m-am gândit iar.

Mă făcuse K.O. în picioare.

— Și după aceea?

— După aceea am reluat lucrul. Foarte profesionist. Ca și cum nimic nu se întâmplase. Eram leoarcă. Aveam impresia că eram băgat în priză la 220 de volți și nu mă simțeam în largul meu. N-o mai priveam. Nu mai voiam deloc s-o privesc. Nu mai voiam deloc ca ea să existe. Nu puteam să mă întorc spre ea. Voiam să dispară într-o gaură de șoarece și eu odată cu ea. Și cu cât o ignoram, cu atât mai tare mă îndrăgosteam de ea. Era exact cum îți spuneam adineaori, ca o boală. Știi cum se întâmplă... Strănuți. O dată. De două ori. Tremuri, și gata. E prea târziu. Răul s-a produs. Atunci, era la fel: eram prins, eram terminat. Nu mai era nimic de sperat și, când ea îmi repeta cuvintele bătrânului Singh, mă repezeam în dosarele mele cu capul înainte. Trebuie să se fi distrat strașnic. Calvarul ăsta a durat aproape trei ore... Ce ai? Ți-e frig?

— Puțin, dar merge, merge... Continuă. Ce s-a întâmplat după aceea?

S-a aplecat ca să mă ajute să-mi trag pătura.

— După, nimic. După... Cum ți-am spus, trăisem ce a fost mai frumos... După, eu... Era... După, a devenit mai trist.

— Dar nu imediat?

— Nu. Nu imediat. A fost un pic de muncă suplimentară... Dar toate momentele pe care le-am petrecut împreună după această ședință de lucru au fost de parcă le-aș fi furat...

— Furat de la cine?

— De la cine? De la ce? Măcar dacă aș ști...

După, mi-am aranjat hârtiile și am închis stiloul. M-am ridicat, le-am strâns mâna călăilor mei și am părăsit încăperea. Și în lift, când ușile s-au închis, am avut cu adevărat impresia că pic într-o groapă. Eram epuizat, golit, la capătul puterilor și gata să plâng. Nervii, cred... Mă simțeam atât de mizerabil, atât de singur... Mai ales atât de singur. M-am întors în camera de la hotel, am comandat un whisky și am dat drumul la apă în cadă. Nici numele nu i-l știam. Nu știam nimic despre ea. Enumeram lucrurile pe care le știam:

vorbea remarcabil de bine engleza. Era inteligentă... Foarte inteligentă... Prea inteligentă? Cunoștințele ei tehnice, științifice și siderurgice mă lăsaseră cu gura căscată. Era brunetă. Era foarte drăguță. Trebuie să fi măsurat... Ce să zic, 1 metru 66, poate. Își bătuse joc de mine. Nu avea verighetă și lăsa să se ghicească cea mai drăgălașă burticică. Ea... Ce mai era? Îmi pierdeam speranța pe măsură ce apa se răcea.

Seara, am luat cina cu niște tipi de la Comex. N-am mâncat nimic. Aprobam. Răspundeam cu da sau nu fără să știu la ce. Ea mă obseda. Mă obseda, înțelegi?

Îngenunchease în fața șemineului și ațâța încet focul.

— Când m-am întors la hotel, recepționera mi-a întins un mesaj împreună cu cheia. Un scris mărunt mă întreba iar: „Nu era adevărat?"

Stătea la bar și mă privea zâmbind.

M-am apropiat lovindu-mă încetișor în piept.

Îmi ciocăneam sărmana mea inimă făcută praf, ca să înceapă din nou să bată.

Eram atât de fericit. N-o pierdusem. Nu încă.

Atât de fericit și de surprins și pentru că își schimbase toaleta. Purta acum niște blugi vechi și un tricou lăbărțat.

„V-ați schimbat?
— Păi... Da.
— De ce?
— Când m-ați văzut mai înainte eram deghizată. Așa mă îmbrac când lucrez cu chinezii de școală veche. Am observat că asta le place, aspectul ăsta *old-fashioned*, că îi liniștește... Nu știu... Se simt mai în siguranță... Mă deghizez în fată bătrână și devin inofensivă.
— Dar nu păreați o fată bătrână, vă asigur! Vă... Vă stătea foarte bine... Dumneavoastră... Eu... În sfârșit, mi se pare că e păcat...
— Că m-am schimbat?
— Da.
— Și dumneavoastră m-ați prefera mai inofensivă?"

Ea surâdea. Eu mă topeam.

„Nu cred deloc că erați mai puțin periculoasă în fustița verde. Nu cred deloc, deloc, deloc."

Am comandat bere chinezească. O chema Mathilde, avea treizeci de ani și dacă mă epatase nu avea nici un merit: tatăl și cei doi frați ai ei lucrau pentru compania Shell. Cunoștea pe de rost tot jargonul. Locuise prin toate țările petrolifere din lume, frecventase cincizeci de școli și învățase mii de înjurături în toate limbile.

Nu putea să spună exact unde trăia. Nu poseda nimic. Nu avea decât amintiri. Doar prieteni. Îi plăcea munca pe care o făcea. Să traducă gândurile și să jongleze cu cuvintele. În acel moment era la Hong Kong, unde e suficient să întinzi o mână și găsești de lucru. Îi plăcea acest oraș în care zgârie-norii cresc într-o noapte și unde poți mânca într-o bombă dubioasă la cincizeci de metri mai încolo. Îi plăcea energia orașului. Petrecuse câțiva ani în Franța când era copil și revenea din când în când acolo ca să-și vadă verii. Într-o zi o să-și cumpere o casă acolo. Orice, oriunde. Numai să fie vaci și șemineu. Spunând asta, râdea. Îi era frică de vaci! Îmi șterpelea din țigări și răspundea la toate întrebările mele începând prin a-și ridica ochii spre cer. Îmi punea și ea unele întrebări, dar le evitam, voiam s-o aud pe ea, voiam să-i aud sunetul vocii cu un ușor accent, cu expresii nesigure sau demodate. Nu pierdeam nici o frântură. Voiam să mă pătrund de ea, de fața ei. Îi adoram deja gâtul, mâinile, forma unghiilor, fruntea puțin bombată, năsucul adorabil, alunițele, cearcănele, ochii gravi... Eram complet prostit. Iar zâmbești?

— Nu te recunosc...

— Tot ți-e frig?

— Nu, merge.

— Mă fascina... Aș fi vrut ca lumea să se oprească din mersul ei. Ca noaptea să nu se mai sfârșească. Nu mai voiam s-o părăsesc. Niciodată. Voiam să rămân prăbușit în fotoliul ăla și s-o ascult până la sfârșitul lumii povestindu-și viața. Voiam imposibilul. Fără să știu, inauguram însăși esența poveștii noastre... ore suspendate, ireale, imposibil de reținut, de îndiguit. Și de savurat. După aceea, s-a ridicat. Lucra devreme dimineața. Tot pentru Singh and Co. Ținea la vulpoiul ăla bătrân, dar trebuia să doarmă pentru că era teribil! M-am ridicat odată cu ea. Iar mă lăsa inima. Mă temeam să n-o pierd. Am îndrugat ceva în timp ce-și punea jacheta.

„Poftim?

— Mătesnuvperd.

— Ce spuneți?

— Spun că mă tem să nu vă pierd."

A zâmbit. Nu zicea nimic. Zâmbea și se legăna înainte și înapoi, ținându-se de gulerul jachetei. Am sărutat-o. Își ținea gura închisă. I-am sărutat zâmbetul. A dat din cap și m-a împins delicat.

Aș fi putut să cad pe spate.

*
* *

— Asta-i tot?

— Da.

— Nu vrei să-mi spui urmarea, nu-i așa? E interzis pentru copii?

— Deloc! Deloc, draga mea... Ea a plecat și eu m-am așezat. Mi-am petrecut restul nopții visând și citind bilețelul pe care-l țineam pe coapsă. Nimic ațâțător, cum vezi...

— O! ba da... Coapsa dumitale...

— Prostuță mai ești, fata mea!

Mă hlizeam.

— Dar de ce se mai întorsese, atunci?

— Exact asta e întrebarea pe care mi-am pus-o în noaptea aceea și a doua zi și în noaptea următoare și în toate zilele până când am revăzut-o...

— Când ai revăzut-o?

— Două luni mai târziu. A debarcat în toiul lui august, într-o seară, în biroul meu. Nu așteptam pe nimeni. Mă întorsesem din concediu ceva mai devreme ca să lucrez în liniște. Ușa s-a deschis și a apărut ea. Venise așa, la întâmplare. Se întorcea din Normandia și aștepta un telefon de la o prietenă ca să plece. Mă căutase în cartea de telefon și iată că mă găsise.

Îmi aducea stiloul pe care-l lăsasem la celălalt capăt al lumii. Uitase să mi-l înapoieze la bar, dar de data asta s-a gândit imediat și a început să scotocească în poșetă.

Nu se schimbase. Vreau să spun, n-o idealizasem. Am întrebat-o:

„Cum... Numai pentru asta veniți? Pentru stilou?

— Da, bineînțeles. E un stilou frumos. M-am gândit că țineați la el."

Mi l-a întins zâmbind. Era un pix. Un pix roșu.

Nu mai știam ce să fac. Eu... M-a îmbrățișat și m-am lăsat surprins. Toată lumea era a mea.

Am traversat Parisul ținându-ne de mână. De la Trocadero până la Ile de la Cité, de-a lungul Senei. Era o seară nemaipomenită. Era cald. Lumina era blândă. Soarele nu se îndura să apună. Eram ca doi turiști, fără griji, încântați, cu haina pe umăr și cu degetele împreunate. Făceam pe ghidul. Nu mai mersesem așa de ani de zile. Redescopeream orașul. Am cinat în Place Dauphine și am petrecut zilele următoare în camera ei de hotel. Îmi amintesc prima seară. Gustul ei sărat. Probabil că se scăldase în mare chiar înainte de a lua trenul. M-am sculat noaptea pentru că-mi era sete. Eu... Era minunat.

Era minunat și complet trucat. Totul era fals. Nu era viața. Nu era Parisul. Era luna august. Eu nu eram turist. Nu eram burlac. Mințeam. Mă mințeam. Pe mine, pe ea, familia mea. Ea nu s-a lăsat păcălită și, când a venit vremea mahmurelii, a telefoanelor pe care trebuie să le dai și a minciunilor pe care trebuie să le iei asupra ta, a plecat.

Chiar înainte de a se îmbarca, mi-a spus:

„O să încerc să trăiesc fără tine. Sper să reușesc...".

N-am avut curajul s-o sărut.

Seara, am fost să mănânc la un drugstore. Sufeream. Sufeream ca și cum îmi lipsea ceva, ca și cum mi s-ar fi amputat o mână sau un picior. Era o senzație de necrezut. Nu pricepeam ce era cu mine. Îmi amintesc că desenasem două siluete pe fața de masă de hârtie. Silueta din stânga era ea, din față, și cea din dreapta tot ea, din spate. Încercam să-mi amintesc locul exact al alunițelor ei, iar când chelnerul s-a apropiat și a văzut toate punctele alea, m-a întrebat dacă mă ocup cu acupunctura. Nu pricepeam ce mi se întâmplă, și totuși presimțeam că era grav. Timp de câteva zile fusesem eu însumi. Nici mai mult, nici mai puțin decât eu însumi. Când eram cu ea, aveam impresia că sunt un tip bine... Pur și simplu. Nu știam că pot fi un tip bine.

O iubeam pe această femeie. O iubeam pe această Mathilde. Iubeam sunetul vocii ei, umorul ei, râsul ei, felul cum vedea lumea, acel soi de fatalism al oamenilor care s-au vânturat mult. Iubeam râsul ei, curiozitatea ei, discreția ei, coloana vertebrală, șoldurile ușor reliefate, tăcerile, blândețea ei și... tot restul. Totul... Totul. Mă rugam să nu poată trăi fără mine. Nu mă gândeam la consecințele poveștii noastre. Descoperisem că viața e mult mai veselă dacă ești fericit. Îmi trebuiseră patruzeci și doi de ani ca să descopăr asta și eram atât de uluit că îmi impuneam să nu stric totul scrutând orizontul. Mă minunam ca un copil...

A turnat din nou în pahare.

— Tot de atunci am devenit un *workaholik*, cum spun americanii. Îmi petreceam cea mai mare parte a timpului la birou. Veneam înaintea celorlalți și plecam ultimul. Lucram sâmbăta și mă perpeleam dumineca. Pretextam te miri ce. Până la urmă obținusem contractul cu Taiwanul și puteam să manevrez totul cu mai multă ușurință. Profitam de asta ca să născocesc noi proiecte. Mai mult sau mai puțin rezonabile. Și toate astea, toate acele zile și ore nesăbuite pentru un singur motiv: pentru că speram să telefoneze.

O femeie era undeva pe această planetă, poate la doi pași, poate la zece mii de kilometri, și singurul lucru care conta era ca ea să mă poată contacta.

Eram încrezător. Eram plin de energie. Cred că eram destul de fericit în acea perioadă a vieții mele pentru că, deși nu eram cu ea, știam că există. Era oricum ceva nesperat.

Am avut vești de la ea cu câteva zile înaintea Crăciunului. Urma să vină în Franța și mă întreba dacă o să fiu liber să luăm masa peste o săptămână. Ne-am dat întâlnire în același bărulet, dar vezi, nu mai era vară și când a vrut să-mi ia mâna, mi-am retras-o repede. „Ești cunoscut aici?", m-a întrebat ea lăsând capul în jos.

O rănisem. Eram nefericit. I-am întins mâna, dar n-a mai apucat-o. Norii se adunau și nici nu ne regăsisem încă. Am întâlnit-o în aceeași seară în altă cameră de hotel și când, în sfârșit, am putut să-mi strecor degetele în părul ei, am reînceput să trăiesc.

Mie... Îmi plăcea să fac dragoste cu ea.

A doua zi după-amiază ne-am revăzut în același loc și în ziua următoare la fel...

Era ziua dinainte de ajunul Crăciunului, urma să ne despărțim, voiam s-o întreb ce proiecte are, dar nu îndrăzneam să deschid gura. Frica se instalase. Chestia aia din burtă care nu mă lăsa să-i zâmbesc.

Stătea pe pat. Am venit lângă ea și mi-am pus capul în poala ei.

„Ce-o să se întâmple cu noi?", m-a întrebat ea.

Tăceam.

„Știi, când ai plecat ieri și m-ai lăsat în camera asta, în mijlocul după-amiezii, mi-am zis că n-o să mai retrăiesc niciodată așa ceva. Niciodată, mă înțelegi? Niciodată... M-am îmbrăcat, am ieșit. Nu știam unde să mă duc. Nu mai vreau să retrăiesc așa ceva, nu mai vreau să mă întind cu tine într-o cameră de hotel și pe urmă să te văd plecând. E prea dur."

Articula greu cuvintele.

„Mi-am promis să nu mai trăiesc niciodată cu un bărbat care mă face să sufăr. Cred că nu o merit, înțelegi? Nu o merit. De aceea te-am întrebat: ce o să se întâmple cu noi?"

Tăceam.

„Nu spui nimic? Eram sigură. Ce ai putea spune, de fapt? Ai nevastă, ai copii. Și eu, ce sunt eu? Nu sunt aproape nimic în viața ta. Trăiesc așa de departe... Așa de departe și așa de ciudat... Nu știu să fac nimic ca alte femei. N-am casă, n-am mobilă, nici pisică, nici carte de bucate și nici planuri. Credeam că eu sunt cea isteață, că am înțeles viața mai bine decât celelalte femei și mă felicitam că n-am căzut în capcană. Pe urmă ai apărut tu, și mă simt complet pierdută.

Acum mi-ar plăcea să mă opresc un pic din goană pentru că găsesc că viața e frumoasă cu tine. Ți-am spus că o să încerc să trăiesc fără tine... Încerc, încerc, dar nu sunt prea vitează, mă gândesc la tine tot timpul. Deci, te întreb acum, și pentru ultima dată poate, ce ai de gând să faci cu mine?

— Să te iubesc.

— Și mai ce?

— Îți promit să nu te mai las niciodată singură într-o cameră de hotel. Ți-o promit."

Și m-am răsucit ca să-mi îngrop fața între picioarele ei. M-a ridicat de păr.

„Și mai ce?

— Te iubesc. Nu sunt fericit decât cu tine. Nu te iubesc decât pe tine. Eu... Eu... Ai încredere în mine..."

Mi-a dat drumul la cap și conversația noastră s-a stins. Am făcut dragoste cu blândețe, dar ea nu se abandona, se lăsa posedată. Aici era toată diferența.

— Ce s-a întâmplat după aceea?

— După aceea ne-am despărțit pentru prima dată... Zic „prima dată“ pentru că ne-am despărțit de atâtea ori... Pe urmă am chemat-o... Am implorat-o... Am găsit un pretext ca să mă întorc în China. I-am văzut camera, gazda...

Am rămas acolo o săptămână și, în timp ce ea lucra, făceam pe instalatorul, electricianul, zidarul. Mă strofocam pentru această domnișoară Li care își petrecea vremea cântând și giugiulindu-și păsările. M-a dus să vizitez portul Hong Kong și apoi la o bătrână doamnă englezoaică ce-și închipuia că sunt lordul Mountbatten! Mi-am jucat rolul, îți dai seama...!

— Îți dai seama, oare, ce reprezentau toate astea pentru mine? Pentru băiețelul care nu îndrăznise să urce la etajul șase? Toată viața mea se lega de două arondismente ale Parisului și de o căsuță la țară. Nu i-am văzut niciodată fericiți pe părinții mei, singurul meu frate murise sufocându-se, iar eu mă căsătorisem cu primul meu flirt, sora unui prieten de-al meu, pentru că n-am știut să mă retrag la timp...

Da, asta era viața mea. Asta era...

Îți dai seama? Aveam impresia că mă nasc a doua oară. Aveam impresia că totul reîncepea atunci, în brațele ei, pe apele acelea tulburi, în cămăruța umedă a domnișoarei Li...

A tăcut.

— Christine a fost?

— Nu, era înainte de Christine... A fost un avort.

— Nu știam.

— Nimeni nu știe. De ce să știe? Mă căsătorisem cu o tânără pe care o iubeam, dar așa cum iubești o fată. O iubire romantică și pură. Primele emoții... A fost o sărbătoare cam tristă. Mi se părea că sunt încă o dată la prima comuniune.

Nici Suzanne nu se gândise probabil la o asemenea scurtătură... Își pierdea în același timp tinerețea și iluziile. Amândoi le pierdeam, pe când socrul meu câștiga un ginere perfect. Terminasem Școala de Mine și el nu visase la un asemenea noroc, fiindcă băieții lui erau... *literați*. Pronunța cuvântul ăsta din vârful buzelor.

Suzanne și cu mine nu eram îndrăgostiți nebunește, dar eram docili. Pe atunci, una o compensa pe cealaltă.

Îți povestesc toate astea, dar tare mă îndoiesc că ai putea să înțelegi exact. Lucrurile s-au schimbat așa de mult... Era acum patruzeci de ani și parcă ar fi trecut două secole. Era pe vremea când tinerele se măritau când nu le mai venea ciclul. Pentru voi, asta e preistorie.

Își freca fața.

— Unde ajunsesem? A, da... Spuneam că mă pomenisem de cealaltă parte a Terrei cu o femeie care își câștiga viața țopăind de pe un continent pe altul și care părea că mă iubește pentru ce eram, pentru ce aveam înăuntru, în mine. O femeie care mă iubea, aproape că aș spune: cu tandrețe. Da, toate astea erau ceva foarte nou. Foarte exotic. O femeie încântătoare care mă privea mâncând supă de cobră cu flori de crizantemă, ținându-și răsuflarea.

— Era bună?

— Cam gelatinoasă pentru gustul meu...

Surâdea.

Și când m-am urcat iar în avion, pentru prima dată în viață nu mi-a fost frică. Îmi spuneam: poate să explodeze, poate să cadă ca un bolovan și să se facă praf, nu e grav.

— De ce îți spuneai așa?

— De ce?

— Păi, sigur... Eu mi-aș fi spus contrariul... Mi-aș fi spus: „Acuma știu cu adevărat de ce mi-e frică și blestematul ăsta de avion să facă bine să nu cadă!".

— Da, ai dreptate. Ar fi fost mai deștept... Dar uite, și aici atingem miezul problemei, eu nu-mi spuneam așa. Probabil chiar speram să cadă... Viața mi s-ar fi simplificat mult de tot...

— O întâlniseși pe femeia vieții dumitale și te gândeai că poți să mori?

— Eu nu ți-am spus că voiam să mor!

— Nu, nici eu n-am spus asta. Am spus că „te gândeai" că poți să mori...

— Eu cred că mă gândesc în fiecare zi că pot să mor, tu nu?

— Nu.

— Crezi că viața ta valorează ceva?

— Hmm... Da... Puțin, totuși... Și pe urmă, sunt fetele...

— E un motiv serios.

S-a afundat din nou în fotoliu și fața îi dispăruse iar.

— Da, sunt de acord cu tine, era absurd. Fusesem însă așa de fericit. Așa de fericit... Eram intrigat și puțin speriat. Era normal să fiu atât de fericit? Era drept? Ce preț aveam să plătesc pentru toate astea?

Pentru că... Să fi fost povara educației mele sau învățăturile duhovnicilor? Să fi fost firea mea? N-aș putea să disting bine lucrurile, dar sigur e că m-am comparat toată viața cu un animal de povară.

Zăbala, hamul, apărătoarele ochilor, hulubele, brăzdarul, jugul, căruța, brazda... Tot folclorul ăsta... De când eram puști, merg pe stradă cu capul aplecat, privind fix pământul ca și cum ar fi o crustă de despicat, o scoarță prea uscată.

Căsătoria, familia, munca, meandrele vieții sociale, totul. Am traversat totul cu capul aplecat și cu fălcile încleștate. Am privit totul cu teamă și neîncredere. De altfel, sunt, adică eram, bun la squash, și nu e din întâmplare: îmi plăcea să mă simt închis într-o încăpere strâmtă și să pocnesc cât mai tare cu putință într-o minge pentru ca ea să se întoarcă în mâna mea ca un proiectil. Îmi plăcea la nebunie.

„Ție îți place squash-ul, iar mie jokari, aici e toată chestia...", rezumase Mathilde într-o seară, în timp ce-mi masa umărul care mă durea. A tăcut un moment, pe urmă a adăugat: „Ar trebui să te gândești la ce ți-am spus adineaori, nu-i deloc o prostie. Oamenii care sunt rigizi pe dinăuntru se aruncă în viață făcându-și tot timpul rău, în vreme ce oamenii care sunt moi... nu moi, supli mai degrabă, da, asta e, supli pe dinăuntru, ei bine, când primesc lovituri, suferă mai puțin... Cred că ar trebui să te apuci de jokari, e mult mai distractiv. Lovești în minge, nu știi unde se va întoarce, dar știi că se va întoarce din cauza sforii de care e legată și, de aici, un suspans minunat. Ei bine, vezi, am adesea această impresie... Că sunt mingea ta de jokari...".

N-am reacționat, și ea a continuat să mă maseze în tăcere.

— Nu ți-ai propus niciodată să reîncepi o viață nouă cu ea?

— Ba da, bineînțeles... De o mie de ori.

De o mie de ori am vrut și de o mie de ori am renunțat... Înaintam spre marginea prăpastiei, mă aplecam și o luam la fugă. Mă simțeam responsabil față de Suzanne, față de copii.

Responsabil pentru ce? Încă o întrebare tulburătoare... Mă angajasem. Semnasem, promisesem, trebuia să asum. Adrien avea șaisprezece ani și nimic nu mergea bine. Schimba liceul tot timpul, scria *No future* în ascensor și n-avea decât o idee în cap: să se ducă la Londra și să vină înapoi cu un șobolan pe umăr. Suzanne era distrusă. Ceva îi stătea împotrivă. Cine îi schimbase băiețelul? Pentru prima oară o vedeam clătinându-se și stând seri întregi fără să scoată o vorbă. Nu mă închipuiam stricând și mai rău situația. Și pe urmă, îmi spuneam... Îmi spuneam că...

— Ce-ți spuneai?

— Stai puțin, e atât de grotesc... Ar trebui să-mi regăsesc cuvintele de atunci... Îmi spuneam cam așa: „Sunt un model pentru copiii mei. Iată-i în zorii vieții, în curând încolțiți de ea, la vârsta la care vor vrea să se angajeze, ce exemplu dezastruos pentru ei dacă o părăsesc acum pe mama lor...". Observi șmecheria? „Cum vor putea face față mai târziu? Și câtă dezordine sunt eu pe punctul de a produce? Ce rană de nevindecat? N-am fost un tată perfect, departe de așa ceva, dar rămân modelul de referință cel mai evident, cel mai apropiat, deci... hm, hmm... trebuie să mă țin tare".

Scrâșnea.

— Frumos, nu-i așa? Recunoaște că era sublim.

Am tăcut.

— Mă gândeam mai ales la Adrien. Să fiu un model de angajare pentru Adrien... Ai dreptate să râzi, știi deja. Nu scăpa prilejul. N-ai de multe ori ocazia să auzi așa o poveste hazlie.

Am dat din cap.

— Și totuși... Oh... dar, la urma urmei, la ce bun? Toate astea sunt atât de departe...

— Totuși ce?

— Ei bine... La un moment dat m-am apropiat totuși foarte mult de prăpastie... Într-adevăr, foarte aproape. Făcusem demersuri să găsesc o garsonieră, mă gândeam s-o duc pe Christine în weekend, îmi căutam cuvinte potrivite și repetam anumite scene în mașină. Stabilisem chiar o întâlnire cu contabilul meu și pe urmă, într-o dimineață, vezi cum își râde viața de noi, Françoise a intrat plângând în biroul meu...

— Françoise? Secretara?

— Da.

Bărbatul ei o părăsise... N-o mai recunoșteam. Ea, așa de vioaie, așa de autoritară, femeia asta stăpână pe ea însăși și pe întreaga lume, o vedeam topindu-se din zi în zi. Plângând, slăbind, împiedicându-se în toate și suferind. Suferind atât de mult. Luând medicamente, tot slăbind, aducându-mi prima cerere de întrerupere a lucrului de când știam. Plângând. Plângând chiar și în fața mea. Și atunci – ce om admirabil am fost, când mă gândesc – mi-am luat inima în dinți și m-am dat cu toți ceilalți. Ce ticălos, aprobam eu, ce ticălos! Cum poți să-i faci așa ceva nevestei tale? Cum poți să fii atât de egoist? Să închizi ușa și să-ți freci mâinile. Să ieși din viața ei ca și cum ai ieși să faci o plimbare. Dar, dar, dar, e prea ușor! Prea ușor!

Nu zău, ce ticălos. Ce ticălos și tipul ăsta! Eu, domnule, nu sunt ca dumneata! Eu nu-mi părăsesc nevasta, domnule. Nu-mi părăsesc nevasta și te disprețuiesc... Da, te disprețuiesc din străfundul sufletului, dragă domnule!

Uite cum mă gândeam eu. Prea fericit s-o scot așa de ieftin la capăt. Prea fericit să-mi dau curaj și să mă fălesc. Oh, da, am susținut-o pe biata mea Françoise, am dezmierdat-o. Oh, da, o aprobam adesea, oh, nu, îi repetam iar și iar, n-ai avut noroc. N-ai avut noroc...

Într-adevăr, se cuvenea să-l binecuvântez în secret pe acest domn Jarmet pe care nu-l cunoșteam în nici un fel. Trebuia să-l binecuvântez în secret. Îmi aducea soluția pe o tavă de argint. Datorită lui, datorită infamiei lui, puteam să mă întorc cu capul sus la confortul meu călduț. Muncă, Familie, Patrie, eram prezent. Cu capul sus și bățos! Mă și mândream oarecum, bănuiești, doar mă știi... Ajunsesem la plăcuta concluzie că... eu nu eram ca ceilalți. Eram ceva mai sus ca ei. Numai puțin, dar totuși deasupra. Eu unul nu-mi părăseam nevasta...

— Atunci ai rupt-o cu Mathilde?

— De ce? Nu, deloc. Am continuat s-o văd, mi-am pus deoparte planurile de evadare și am încetat să-mi mai pierd vremea vizitând garsoniere prăpădite. Pentru că, înțelegi, așa cum tocmai ți-am demonstrat în mod strălucit, nu eram de teapa lor, nu-mi băgam piciorul în furnicar. Așa ceva se potrivea cu iresponsabilii. Cu soții dactilografelor.

Era sarcastic și tremura de furie.

— Nu, n-am rupt-o, continuam să mă culc drăgăstos cu ea, promițându-i că o să fie pentru totdeauna, că o să fie mai târziu.

— E adevărat?

— Da.

— Vorbeai ca în poveștile alea dezgustătoare?

— Da.

— Îi cereai să fie răbdătoare și îi promiteai o grămadă de lucruri?

— Da.

— Cum de suporta toate astea?

— Nu știu. Chiar nu știu...

— Poate că te iubea?

— Poate.

Și-a golit paharul până la fund.

— Poate că da... Poate că...

— Și n-ai plecat din cauza lui Françoise?

— Exact. Din cauza lui Jean-Paul Jarmet, ca să fiu mai precis. În sfârșit, spun și eu așa, dar dacă n-ar fi fost el, aș fi găsit sigur un alt pretext. Oamenii de rea-credință sunt foarte pricepuți în a găsi pretexte. Foarte pricepuți.

— E de necrezut...

— Ce?

— Povestea asta... Să vezi de ce depinde... E de necrezut.

— Nu, nu e de necrezut, draga mea Chloé... Nu, nu e de necrezut. Asta-i viața. Asta-i viața aproape pentru toți. O iei pe ocolite, te aranjezi, îți porți lașitatea ca pe un animal familiar. O mângâi, o dresezi, te legi de ea. Asta-i viața. Unii sunt curajoși, și alții se acomodează. E mult mai odihnitor să te acomodezi... Hai, dă-mi sticla.

— O să te îmbeți?

— Nu. Nu știu să mă îmbăt. N-am reușit niciodată. Cu cât beau mai mult, cu atât sunt mai lucid...

— Ce oroare!

— Ce oroare, vorba ta... Îți mai pun?

— Nu, mulțumesc.

— Vrei un ceai acum?

— Nu, nu. Sunt... Nu știu cum sunt... Uluită, poate.

— Uluită de ce?

— De dumneata, na! Nu te-am auzit niciodată spunând mai mult de două fraze una după alta, niciodată vreun cuvânt mai apăsat, niciodată arătându-ți stările sufletești. De câtă vreme te văd în haina de Mare Inchizitor... Nu te-am surprins niciodată în flagrant delict de slăbiciune sau de sentimentalism și pe urmă, așa, deodată, îmi trântești toate astea fără să mă previi...

— Te-am șocat?

— Nu, nu, deloc! Deloc! Dimpotrivă... Dimpotrivă... Dar... Cum ai putut să joci rolul ăsta tot timpul?

— Ce rol?

— Ei, asta-i... Rolul ăsta de bătrân prost.

— Numai că și sunt un bătrân prost, Chloé! Sunt un bătrân prost. Asta îți tot explic de ceva vreme!

— Ba nu! Dacă îți dai seama, înseamnă că nu ești, tocmai asta e! Cei care sunt cu adevărat nu-și dau seama de nimic!

— Țțț, să nu crezi asta. E unul din vicleșugurile mele ca s-o scot cu bine la capăt. Sunt foarte isteț...

Îmi zâmbea.

— E de necrezut... De necrezut...

— Ce?

— Totul... Tot ce mi-ai povestit.

— Nu, nu e de necrezut. E foarte banal, dimpotrivă.

Foarte, foarte banal... Vorbesc acuma pentru că ești tu la mijloc, pentru că suntem aici, în această casă, în această încăpere, pentru că e noapte și pentru că Adrien te face să suferi. Pentru că hotărârea lui mă duce la disperare și totodată mă liniștește. Pentru că nu-mi place să te văd nefericită, prea am provocat eu multă suferință... Și pentru că prefer să te văd suferind mult astăzi decât câte puțin toată viața.

Văd oameni suferind puțin, numai puțin, abia un strop, dar exact cât trebuie ca să rateze totul, știi... Da, la vârsta mea văd de multe ori așa ceva... Oameni care sunt încă împreună pentru că s-au opintit cu asta, cu flecușteţul ăsta ingrat, biata lor viață lipsită de strălucire. Toate aranjamentele astea, toate contradicțiile... Și toate astea ca să sfârșești așa...

Bravo, bravo, bravo! Am înmormântat totul, prieteni, vise, iubiri, iar acum vine și rândul nostru! Bravo, băieți!

Aplauda.

— Ieșiți la pensie... Ieșiți la pensie din toate. Îi urăsc. Îi urăsc, mă auzi? Îi urăsc pentru că mă fac să-mi văd propria imagine. Sunt acolo, bălăcindu-se în mulțumirea lor. Corabia a rezistat, corabia a rezistat! par ei să ne spună, fără ca vreodată să se sprijine unii pe alții. Dar cu ce preț, Dumnezeulè? Cu ce preț? Există regrete, remușcări, compromisuri și răni care nu se vor cicatriza niciodată. Niciodată, mă înțelegi! Nici măcar... Nici măcar în grădina Hesperidelor. Nici măcar înconjurat de strănepoți pentru o fotografie de familie. Nici măcar răspunzând în același timp la o întrebare a lui Julien Lepers.

Nu știu dacă nu se îmbată chiar niciodată, dar, în sfârșit...

A încetat să vorbească și să gesticuleze și am rămas așa un timp. În tăcere. Urmărind bătălia flăcărilor.

*

* *

— N-am terminat povestea cu Françoise...

Se calmase și acum trebuia să ciulesc urechile ca să-l aud.

— Acum câțiva ani, în '94 cred, s-a îmbolnăvit grav... Grav. O porcărie de cancer îi rodea tot pântecele. La început i-au scos un ovar, apoi pe al doilea, pe urmă uterul... În sfârșit, nu știu prea multe fiindcă, îți închipui, n-am fost niciodată confidentul ei, dar s-a dovedit că era mult mai grav decât se așteptau.

Françoise număra săptămânile pe care le mai avea de trăit. Spera... până la Crăciun. Paștele... ar fi însemnat să ceară prea mult.

Într-o zi, i-am telefonat la spital și i-am propus s-o concediez cu o indemnizație princiară, ca să poată face turul lumii de cum va ieși din spital. Ca să se ducă la cei mai mari croitori, să-și aleagă cele mai frumoase rochii și să se umfle în pene pe puntea unui mare pachebot, sorbind Pimm's-uri. Françoise adoră Pimm's-urile.

„Păstrați-vă banii, o să beau împreună cu ceilalți în ziua când o să vă pensionați dumneavoastră!"

Am glumit. Eram actori buni, cu un nod în gât, dar cu replica vioaie. Ultimele pronosticuri erau catastrofale. Am aflat de la fata ei. Crăciunul era improbabil.

„Să nu credeți tot ce se spune, încă n-o să mă puteți înlocui cu vreo tinerică...", m-a prevenit ea dintr-o suflare, înainte de a închide telefonul. M-am prefăcut că mormăi ceva și m-am pomenit plângând în plină zi. Descoperisem cât de mult o iubeam și pe ea. Cât de multă nevoie aveam de ea. De șaptesprezece ani lucram împreună. Tot timpul. În fiecare zi. De șaptesprezece ani mă suporta, mă ajuta... Știa de Mathilde și n-a spus niciodată nimic. Nici mie, nici altcuiva. Îmi zâmbea când eram nefericit și ridica din umeri când eram scârbos. Avea abia douăzeci de ani când venise. Nu știa să facă nimic. Terminase de curând școala hotelieră și încheiase cu meseria pentru că un bucătar o ciupise de fund. Nu voia să fie ciupită de fund. Iată ce mi-a spus atunci, la prima noastră întâlnire. Nu voia să fie ciupită de fund și nu voia să se întoarcă la părinții ei, în Creuse. Are să se întoarcă acolo numai când o să aibă o mașină a ei, ca să fie sigură că poate pleca! Am angajat-o din cauza acestei fraze.

Și ea era prințesa mea...

Îi telefonam din când în când ca s-o ponegresc pe înlocuitoarea ei.

Pe urmă, după multă vreme, când în sfârșit mi-a permis, i-am făcut o vizită. Era primăvară. O mutaseră în alt spital. Tratamentul era mai puțin dur și progresele ei le dădeau curaj medicilor, care veneau în fiecare zi s-o felicite pentru îndârjirea și pentru buna ei dispoziție. Mi-a spus la telefon că începuse iar să-și dea cu părerea despre orice și în fața oricui. Avea idei pentru decorarea interioarelor și punea la cale o reuniune creativă de *patchwork* *. Critica disfuncțiile și organizarea aberantă. A cerut să-l întâlnească pe șeful comitetului de întreprindere pentru a pune la punct cu el câteva detalii evidente. O luam peste picior. Ea se apăra: „Nu le spun decât lucruri de bun-simț! Numai de bun-simț, să știți!". Își mai revenise și mă duceam la spital cu inima ușoară.

Totuși, am avut un șoc revăzând-o. Nu mai era *my fair lady*, era un puișor galben. Gâtul, obrajii, mâinile, brațele, totul dispăruse. Pielea îi era gălbejită și cam scorțoasă, ochii de două ori mai mari, dar ce mă șoca cel mai mult era peruca. O pusese probabil în grabă și cărarea nu era la mijloc. Încercam să-i dau vești de la birou, despre bebelușul lui Caroline și despre contractele în curs, dar eram obsedat de perucă, mă temeam că o să alunece.

În acel moment, a bătut la ușă un bărbat. „Pardon", a zis văzându-mă, înainte de a face stânga-împrejur. Françoise l-a

---

* Tehnică tradițională de îmbinare de materiale textile; foarte la modă în prezent, a depășit statutul de meșteșug și s-a transformat într-o artă a colajului intercultural. Atelierele și reuniunile patchwork privilegiază creativitatea, comunicarea, lucrul în echipă (n. red.).

rechemat. „Pierre, ți-l prezint pe Simon, prietenul meu. Cred că nu v-ați întâlnit niciodată..." M-am ridicat. Nu, niciodată. Nici nu știam că există. Eram atât de pudici, Françoise și cu mine... Mi-a strâns mâna cu putere și am văzut în privirea lui toată bunătatea lumii. Două mărgele cenușii, inteligente, vii și blânde. În timp ce mă așezam din nou, s-a apropiat de Françoise ca s-o sărute, și atunci, știi ce a făcut?

— Nu.

— I-a luat între mâini fețișoara ei de păpușă stricată ca și cum ar fi vrut s-o sărute cu foc și a profitat ca să-i aranjeze peruca. Ea l-a ocărât, spunându-i să fie puțin mai atent, că eu eram patronul ei, iar el a râs înainte de a se eclipsa, pretextând că se duce să cumpere un ziar.

Și când a închis ușa, Françoise s-a întors încet spre mine. Ochii îi erau plini de lacrimi. A murmurat: „Fără el, aș fi rămas acolo, să știți. Dacă mă lupt e numai pentru că mai am atâtea lucruri de făcut împreună cu el. Atâtea lucruri...".

Zâmbetul ei era înspăimântător. Maxilarul îi era enorm, aproape indecent. Aveam impresia că o să-i pice dinții din gingii. Că pielea obrajilor o să plesnească.

Îmi era greață. Și pe urmă, mirosul... Mirosul de medicamente, de moarte și de parfum Guerlain amestecate. Era greu de suportat și mă sileam să nu pun mâna la gură. Simțeam că o să mă prăbușesc. Vederea mi se încețoșa. Oh, mai nimic, mă prefăceam că mă frec la ochi și că mă ciupesc de nas, ca și când m-ar fi deranjat un fir de praf, dar când am privit-o din nou, străduindu-mă să-i zâmbesc și eu, m-a întrebat: „Nu vă simțiți bine?". Ba da, ba da, i-am răspuns. Simțeam cum colțurile gurii mi se lasă în jos ca la copiii triști. „Ba da, ba da, e în ordine... Doar că... Nu mi se pare că arăți prea bine, Françoise..." A închis ochii și și-a pus capul pe pernă. „Nu vă necăjiți. O s-o scot la capăt... Are prea multă nevoie de mine omul ăsta."

Am plecat descompus. Mă rezemam de ziduri. Mi-a trebuit o grămadă de vreme ca să-mi amintesc unde îmi parcasem mașina și m-am rătăcit în blestemata aia de parcare. Dar ce era cu mine? Ce era cu mine, Dumnezeule bun? Din cauză că o văzusem așa? Din cauza mirosului de măcel javelizat sau pur și simplu din cauza locului? Tot acel strat de nefericire. De suferință. Și micuța mea Françoise cu brațele descărnate, îngerul meu pierdut printre toate stafiile acelea. Pierdută în patul ei minuscul. Ce-i făcuseră prințesei mele? De ce se purtaseră așa cu ea?

Da, mi-a trebuit o grămadă de vreme ca să-mi regăsesc mașina și încă pe-atât ca s-o pornesc, și pe urmă mi-au mai trebuit câteva minute ca să intru în viteza întâia. Și știi de ce? Știi de ce mă clătinam așa? Nu din cauza ei, nici a cateterelor sau a suferinței, bineînțeles că nu. Era...

Și-a ridicat capul.

— Era disperarea. Era bumerangul care mi se întorcea în plină figură...

Tăcere.

*

* *

Într-un târziu, am spus:

— Pierre?

— Da?

— O să zici că exagerez, dar aș bea un ceai acum...

S-a ridicat bodogănind, ca să-și ascundă recunoștința.

— O, Doamne! nu știți niciodată ce vreți, sunteți penibile...

M-am dus după el în bucătărie și m-am așezat de partea cealaltă a mesei, în timp ce el punea o cratiță cu apă la fiert.

Lumina mă supăra. Am coborât lampa cât s-a putut de jos, în timp ce el deschidea toate dulapurile.

— Pot să-ți pun o întrebare?

— Dacă-mi spui unde să găsesc ce caut.

— Acolo, în fața ochilor, în cutia roșie.

— Asta? Nu aici era înainte, mi se pare că... Iartă-mă, te ascult.

— Câți ani v-ați văzut?

— Eu cu Mathilde?

— Da.

— Între Hong Kong și ultima noastră discuție, cinci ani și șapte luni.

— Și ați petrecut mult timp împreună?

— Nu, ți-am spus deja. Câteva ore... Câteva zile...

— Și vă era de ajuns?

— ...

— Vă era de ajuns?

— Nu, bineînțeles. Ba da, poate, de vreme ce n-am făcut nimic ca să schimb lucrurile. Așa mi-am spus după aceea. Poate că îmi convenea. „A-ți conveni"... ce urât cuvânt! Poate că mă aranja să am siguranța dată de soție, pe de o parte, și marele fior, pe de alta. Masa mea de fiecare seară, acasă, și senzația de a mă ticăloși din când în când... Burta plină și pielea bine întinsă. Era practic, era confortabil...

— O chemai când aveai nevoie de ea?

— Da, cam așa ceva...

Mi-a pus o ceașcă în față.

— De fapt, nu... Nu era așa... Într-o zi, la început de tot, mi-a scris o scrisoare. Singura pe care mi-a trimis-o vreodată, de altfel. Spunea așa:

> M-am gândit, nu-mi fac iluzii, te iubesc, dar n-am încredere în tine. Pentru că ceea ce trăim noi nu e real, înseamnă că e un joc. Pentru că e un joc, trebuie și reguli. Nu vreau să te mai văd la Paris. Nici la Paris și nici în alt loc unde să te temi. Când sunt cu tine, vreau să pot să-ți dau mâna pe stradă și să te sărut în restaurante, altfel nu mă interesează. Nu mai am vârsta să mă joc de-a prinselea. Deci o să ne vedem cât mai departe cu putință, în alte țări. Când o să știi ce vrei, o să-mi scrii la adresa asta, e la sora mea din Londra, ea va ști unde să-mi trimită corespondența. Nu te osteni să-mi scrii cuvinte plăcute, anunță-mă doar. Spune la ce hotel stai, unde și când. Dacă pot să vin, am să vin, dacă nu, asta e, cu atât mai rău. Nu căuta să mă chemi, nici să afli unde

sunt, nici cum trăiesc, cred că problema nu mai e asta. M-am gândit, cred că e cea mai bună soluție, să fac ca tine, să-mi trăiesc viața, iubindu-te mult, dar de la distanță. Nu vreau să aștept telefoanele tale, nu vreau să mă abțin dacă mă îndrăgostesc de altcineva, vreau să pot să mă culc cu cine vreau, când vreau și fără scrupule. Pentru că tu ai dreptate, viața fără scrupule e... *it's more convenient*. Nu așa vedeam lucrurile, dar, acum, de ce nu? Vreau să încerc. Ce am de pierdut, la urma urmei? Un bărbat laș? Și de câștigat? Plăcerea de a dormi în brațele tale câteodată... M-am gândit, vreau să încerc. Nu ai de ales...

— Ce-i?

— Nimic. Mă amuză să constat că ți-ai găsit un adversar pe măsură.

— O, nu, din nefericire. Punea la cale aranjamente și își dădea aere de femeie fatală, când de fapt era de o mare tandrețe. Nu știam asta când am acceptat condițiile ei, n-am înțeles decât mult mai târziu... Cinci ani și șapte luni mai târziu...

Ba, nu. Mint. Ghiceam printre rânduri, ghiceam cât trebuie s-o fi costat genul ăsta de fraze, dar n-aveam să insist, pentru că mie îmi conveneau de minune regulile acelea. Chiar foarte, foarte mult. N-aveam decât să intensific ramura import-export și să mă obișnuiesc cu decolările, atâta tot. O asemenea scrisoare e ceva nesperat pentru flăcăul care vrea să-și înșele nevasta fără complicații. Bineînțeles, povestea cu aventurile amoroase și cu îndrăgostitul mă cam șifona, dar nu se ajunsese acolo...

S-a așezat în capul mesei, la locul lui obișnuit.

— Eram un șmecher, nu-i așa? Da, eram un mare șmecher pe atunci... Mai ales că povestea asta m-a făcut să câștig destui bani. Avusesem totdeauna tendința să cam neglijez sectorul internațional...

— De ce atâta cinism?

— Tu însăți ai răspuns foarte bine adineaori la întrebarea asta...

M-am aplecat să iau strecurătoarea.

— Pe deasupra, era foarte romantic... Coboram din avion cu sufletul la gură, mă prezentam la hotel sperând să nu găsesc cheia la recepție, îmi lăsam bagajele în camere necunoscute, cotrobăind peste tot ca să văd dacă trecuse deja pe acolo, plecam să lucrez, mă întorceam seara implorând cerul s-o găsesc în patul meu. Uneori era, alteori nu. Venea în toiul nopții și ne pierdeam unul în altul fără să fi schimbat o vorbă. Râdeam sub cearșafuri, minunându-ne că suntem acolo. În sfârșit. Atât de departe. Atât de aproape. Uneori, nu ajungea decât a doua zi, iar eu îmi petreceam noaptea la bar, pândind zgomotele din hol. Uneori nu venea și o uram. Mă întorceam la Paris foarte prost dispus. La început chiar aveam de lucru, pe urmă, din ce în ce mai puțin... Inventam te miri ce ca să pot pleca. Uneori vizitam locurile, alteori nu vedeam nimic altceva decât camera de hotel. Ni s-a întâmplat chiar să rămânem în incinta aeroportului... Era ridicol. Nu avea nici o noimă. Uneori ne vorbeam tot timpul și alteori n-aveam nimic să ne spunem. Fidelă promisiunii făcute, Mathilde nu vorbea aproape niciodată de viața ei sentimentală. Sau numai în pat, în intimitate. Evoca bărbați sau situații care mă înnebuneau, dar asta era tot pentru pat... Eram la discreția acestei femei, cu aerul ei ștrengăresc când se prefăcea că greșește numele pe întuneric. Păream vexat, dar eram zdrobit. O posedam și mai brutal când, de fapt, visam s-o strâng în brațe.

Când unul dintre noi se juca, celălalt suferea. Era complet absurd. Visam să o apuc și să o scutur până ce-și varsă tot veninul. Să-mi spună că mă iubește. Să mi-o spună, ce dracu! Dar nu puteam, eu eram ticălosul. Toate astea, din vina mea...

S-a ridicat să-și ia din nou paharul.

— Ce credeam eu? Că o să dureze ani de zile? Ani și ani? Nu, nu credeam asta. Ne despărțeam pe furiș, triști și fâstâciți, fără să vorbim vreodată despre rândul viitor. Nu, era de nesuportat... Și cu cât mă codeam, cu atât o iubeam mai mult, iar cu cât o iubeam mai mult, cu atât o credeam mai puțin. Mă simțeam depășit, neputincios, răstignit. Nemișcat, resemnat.

— Resemnat cu ce?

— Că o s-o pierd într-o zi.

— Nu te înțeleg.

— Ba da... Sigur că mă înțelegi... Ce vrei să fi făcut? Nu răspunzi?

— Nu.

— Nu, sigur că nu poți răspunde... Ești persoana cea mai puțin nimerită ca să răspunzi la întrebarea asta...

— Mai exact, ce-i promiteai?

— Nu-mi mai aduc aminte... Îmi închipui că nu mare lucru, nu lucruri de neînchipuit. Nu, nu mare lucru... Aveam onestitatea să închid ochii când îmi punea întrebări și să o sărut când aștepta un răspuns. Aveam aproape cincizeci de ani și mă socoteam bătrân. Credeam că era sfârșitul drumului. Un sfârșit luminos... Îmi spuneam: „Să nu forțăm lucrurile, e așa de tânără, ea o să plece prima“, și de fiecare dată când o regăseam eram încântat, dar și surprins. Cum? Mai e aici? De ce oare? Nu vedeam deloc ce găsea ea plăcut la mine și-mi spuneam: „De ce atâta harababură, de vreme ce mă va părăsi?“. Era obligatoriu, era fatal. Nu exista nici un motiv ca ea să mai vină și data viitoare, nici un motiv... Până la urmă, ajungeam chiar să sper că n-o să mai vină. Până acum, Viața se îngrijise atât de bine să hotărască totul în locul meu, așa că de ce ar fi trebuit să se schimbe lucrurile? De ce? Oricum dovedisem că nu sunt făcut să iau frâiele în mână... În meseria mea, da, era un joc și eram cel mai bun, dar în rest? Preferam să mă supun, preferam să mă consolez cu gândul că eu eram cel care se supunea. Preferam să visez sau să regret. E mult mai simplu...

Strămătușa mea din partea tatălui, care era rusoaică, îmi spunea adesea:

„Ești ca tata, ai nostalgia munților.

— Care munți, Mouchka? o întrebam.

— Nostalgia munților pe care nu i-ai văzut, asta-i!“.

— Îți spunea ea așa?

— Da. Mi-o repeta de fiecare dată când mă uitam pe fereastră...

— Și la ce te uitai?

— La autobuze!

Râdea.

— Încă cineva care ți-ar fi plăcut... Într-o vineri o să-ți povestesc despre ea.

— O să ne ducem atunci la restaurantul *La Dominique*...

— O să ne ducem unde vrei, ți-am spus deja.

Mi-a umplut ceașca.

— Dar ea ce făcea în timpul ăsta?

— Nu știu... Muncea. Își găsise un post la Unesco, dar l-a părăsit curând. Nu-i plăcea să traducă toate salamalecurile lor. Nu suporta să stea închisă zile întregi ca să îngâne toate flecărelile oamenilor politici. Prefera lumea afacerilor, unde adrenalina era de calitate mai bună. Se plimba, își vizita frații, surorile, prietenii risipiți în cele patru colțuri ale lumii. A rămas un timp în Norvegia, dar nu-i plăcea nici de aiatolahii ăia cu ochii de culoare deschisă, și pe urmă îi era tot timpul frig... Iar când era sătulă de decalajele orare, rămânea la Londra și traducea notițe tehnice. Își adora nepoții.

— Dar în afară de meserie?

— Ei, asta... Mister. Taină. N-am nici cea mai vagă idee. Totuși, numai Dumnezeu știe cât am încercat s-o trag de limbă...

Se închidea în ea, folosea câte tertipuri, se fofila printre întrebările mele: „Lasă-mi măcar asta, îmi spunea, lasă-mi măcar demnitatea asta. Demnitatea femeilor care fac trotuarul. Oricum, nu-ți cer prea mult". Sau nu-mi rămânea nici ea datoare și mă tortura râzând. „Ei, stai, nu ți-am spus că m-am măritat luna trecută? Ce prostie, voiam să-ți arăt fotografiile, dar le-am uitat. Îl cheamă Billy, nu e prea isteț, dar se ocupă mult de mine, știi..."

— Și asta te făcea să râzi?

— Nu. Nu prea.

— O iubeai?

— Da.

— Cum o iubeai?

— O iubeam.

— Și ce amintire păstrezi despre anii aceia?

— O viață ca o linie punctată... Nimic. Ceva. Din nou nimic. După aceea iar ceva. După aceea iar nimic... De fapt, a trecut foarte repede... Când mă gândesc, am impresia că povestea asta n-a durat decât un anotimp... Nici măcar un anotimp, o suflare. Un fel de miraj... Ne lipsea viața de zi cu zi. Cred că de asta suferea Mathilde cel mai mult... Bănuiam asta, îți dai seama, dar am avut dovada într-o seară, după o lungă zi de lucru.

Când m-am întors, ea stătea la un birou mic și scria ceva pe hârtia pentru scrisori a hotelului. Umpluse deja vreo zece pagini cu scrisul ei mărunt și înghesuit.

„Cui îi scrii tu așa? am întrebat-o aplecându-mă peste umărul ei.

— Ție.

— Mie?"

„Mă părăsește", am avut timpul să mă gândesc și deja nu mă mai simțeam prea bine.

„Ce ai? Ești așa de palid. Ce nu-i în ordine?

— De ce îmi scrii?

— Oh, de fapt nu-ți scriu de-adevăratelea, scriu ce aș avea chef să fac împreună cu tine..."

Erau foi peste tot. În jurul ei, la picioare, pe pat. Am luat una la întâmplare.

> ...să mănânc la iarbă verde, să dorm după masă pe malul unui râu, să mănânc piersici, creveți, cornuri, orez vâscos, să înot, să dansez, să-mi cumpăr pantofi, lenjerie, parfum, să citesc ziarul, să casc gura la vitrine, să iau metroul, să pândesc ceasul, să te împing când te lăfăi în tot patul, să întind rufele, să merg la Operă, la Bayreuth, la Viena, la cumpărături în supermagazine, să fac grătare, să fac gălăgie că ai uitat

cărbunii, să mă spăl pe dinți odată cu tine, să-ți cumpăr chiloți, să tund gazonul, să citesc ziarul peste umărul tău, să nu te las să mănânci prea multe alune, să vizitez pivnițele de pe Loire și pe cele de la Hunter Valley, să fac pe proasta, să trăncănesc, să-ți prezint pe Martha și pe Tino, să culeg mure, să gătesc, să mă întorc în Vietnam, să port un sari, să lucrez în grădină, să te trezesc iar pentru că sforăi, să mă duc la grădina zoologică, la piața de vechituri, la Paris, la Londra, la Melrose, la Piccadilly, să-ți cânt șansonete, să nu mai fumez, să te rog să-mi tai unghiile, să cumpăr veselă, prostii, lucruri care nu folosesc la nimic, să mănânc înghețată, să mă uit la oameni, să te bat la șah, să ascult jazz, reggae, să dansez mambo și cha-cha-cha, să mă plictisesc, să fac fițe, să stau îmbufnată, să râd, să te răsucesc pe degete, să caut o casă cu vedere spre o pajiște cu vaci, să umplu cu nerușinare cărucioarele la magazin, să revopsesc tavanul, să cos perdele, să stau la masă ceasuri întregi discutând cu oameni interesanți, să te țin de bărbiță, să-ți tund părul, să smulg buruieni, să spăl mașina, să văd marea, să revăd filme vechi romanțioase, să te tot chem, să-ți vorbesc pe șleau, să învăț să tricotez, să-ți tricotez un fular, să deșir oroarea asta, să adun pisici, câini, papagali, elefanți, să închiriez biciclete, să nu le folosesc, să stau întinsă în hamac, să recitesc povești pentru copii de pe vremea bunicii, să revăd rochiile lui Suzy, să beau margarita la umbră, să trișez, să învăț să folosesc un fier de călcat, să arunc fierul de călcat pe fereastră, să cânt în ploaie, să fug de turiști, să mă amețesc, să-ți spun tot adevărul, să-mi amintesc că nu orice adevăr trebuie spus, să te ascult, să-ți dau mâna, să-mi recuperez fierul de călcat, să ascult textele cântecelor, să pun ceasul să sune, să uit geamantanele, să mă opresc din alergat, să duc gunoiul, să te întreb dacă mă mai iubești, să discut cu vecina, să-ți povestesc despre copilăria mea în Bahrein, despre inelele doicii mele, mirosul de *henné* și bobițele de chihlimbar, să fac bucățele de pâine pentru înmuiat, să scriu etichete pentru borcanele de dulceață...

Și o ținea așa pagini după pagini... Pagini după pagini... Ți-am spus ce-mi vine în minte, ce-mi amintesc. Era ceva de necrezut.

„De cât timp scrii toate astea?

— De când ai plecat.

— De ce?

— Pentru că mă plictisesc, mi-a răspuns ea pe un ton vesel, mor de plictiseală, închipuie-ți!"

Am strâns tot maldărul acela și m-am așezat pe marginea patului ca să-mi fac o idee mai clară. Zâmbeam, dar, de fapt, atâta dorință, atâta energie mă paralizau. Zâmbeam totuși. Știa să spună lucrurile așa de nostim, de spiritual și după aceea îmi pândea reacțiile. Pe una din pagini, înghesuit între „s-o pornesc de la zero" și „să lipesc fotografii", era și „un copil", așa, fără comentariu. Am continuat să inspectez imensa listă fără să reacționez cumva, în timp ce ea își mușca buzele.

„Deci?" Nu mai respira. „Ce crezi despre toate astea?

— Cine sunt Martha și Tino?", am întrebat-o.

După forma gurii, după cum i se lăsaseră umerii, după cum îi căzuse mâna, am știut că aveam s-o pierd. Că punându-i întrebarea asta îmi pusesem capul pe butuc. A intrat în baie și a răspuns „Niște oameni ca lumea" înainte de a închide ușa. Și în loc să mă duc după ea, în loc să mă arunc la picioarele ei spunându-i că da, orice dorește, pentru că da, trăiam pe lumea asta ca s-o fac fericită, am ieșit pe balcon să fumez o țigară.

— Și atunci?

— Atunci nimic. Avea un gust amar. Am coborât la masă. Mathilde era frumoasă. Mai frumoasă ca oricând, mi s-a părut. Și vie și veselă. Toată lumea se uita la ea. Femeile se întorceau după ea, iar bărbații îmi zâmbeau. Și ea... cum să-ți spun... ea iradia... Pielea ei, fața, surâsul, părul, gesturile, totul în ea capta lumina și o răsfrângea cu grație. Era un amestec de vitalitate și de blândețe care nu înceta să mă surprindă. „Ești frumoasă", i-am spus, iar ea a dat din umeri. „Așa mă vezi tu." „Da", am aprobat, „așa te văd eu...".

Și astăzi când mă gândesc la ea, după atâția ani, e prima imagine care îmi vine în minte: ea, cu gâtul ei lung, ochii întunecați și rochița ei maro în acea sufragerie austriacă, ridicând din umeri.

De altfel, toată această frumusețe, această grație nu erau întâmplătoare. Știa prea bine ce făcea în seara aceea: se făcea de neuitat. Poate mă înșel, dar nu cred... Era cântecul ei de lebădă, de rămas-bun, batista la fereastră. Era atât de fină, sigur că simțea... Chiar și pielea ei era mai catifelată. Era oare conștientă de asta? Era o generozitate din partea ei sau numai o cruzime? Amândouă, cred... Amândouă.

Și în noaptea aceea, după mângâieri și gemete, mi-a spus:

„Pot să-ți pun o întrebare?

— Da.

— O să-mi răspunzi?

— Da".

Am deschis ochii.

„Nu crezi că ne potrivim?"

Am fost dezamăgit, mă așteptam la ceva mai... la o întrebare mai strălucitoare.

„Ba da.

— Și tu crezi așa?

— Da.

— Eu cred că ne potrivim... Îmi place să fiu cu tine pentru că nu mă plictisesc niciodată. Nici când nu ne vorbim, nici când nu ne atingem, nici când nu suntem în aceeași încăpere, nu mă plictisesc. Nu mă plictisesc niciodată. Cred că e pentru că am încredere în tine, am încredere în gândurile tale. Pricepi tu asta? Tot ce văd și tot ce nu văd la tine îmi place. Totuși, îți cunosc defectele. Dar tocmai asta e, am impresia că defectele tale se potrivesc cu calitățile mele. Nu ne temem de aceleași lucruri. Chiar și demonii noștri se potrivesc! Tu, tu prețuiești mai mult decât arăți, și eu, eu sunt opusul. Am nevoie de privirea ta ca să am un pic mai multă... substanță. Cum se zice în franceză? Constanță? Când vrei să spui că cineva e interesant înăuntrul lui.

— Profunzime?

— Asta e! Eu sunt ca un zmeu, dacă cineva nu ține bine sfoara, vâj!, îmi iau zborul. Iar tu, e ciudat, îmi spun adesea că ești destul de tare ca să mă reții și destul de inteligent ca să mă lași s-o iau din loc...

— De ce-mi spui toate astea?

— Voiam să o știi.

— De ce acum?

— Nu știu... Oare nu-i de necrezut să întâlnești pe cineva și să-ți spui: cu persoana asta mă simt bine?

— Dar de ce-mi spui asta acum?

— Pentru că uneori am impresia că nu-ți dai seama de șansa pe care o avem...

— Mathilde?

— Da.

— O să mă părăsești?

— Nu.

— Nu ești fericită?

— Nu prea tare."

Și am tăcut amândoi.

A doua zi am umblat prin munți și în ziua următoare am plecat fiecare pe drumul lui.

Ceaiul meu se răcea.

— E gata?

— Aproape.

— Câteva săptămâni mai târziu, a venit la Paris și mi-a cerut să-i acord câteva momente. Eram fericit și contrariat în același timp. Am mers multă vreme abia vorbindu-ne, pe urmă am dus-o să mâncăm la rondul de pe Champs-Elysées.

Când tocmai prinsesem curaj să-i țin mâinile strâns în ale mele, m-a lovit în moalele capului.

„Pierre, sunt gravidă.

— Cu cine?", am răspuns eu pălind.

S-a ridicat radioasă.

„Cu nimeni."

Și-a pus paltonul și a împins scaunul. Un surâs extraordinar îi brăzda fața.

„Îți mulțumesc, ai spus cuvintele pe care le așteptam. Da, am făcut tot drumul până aici numai ca să aud cuvintele astea două. A fost cam riscant."

Eu bâiguiam ceva, voiam să mă ridic, dar piciorul mesei mă... A făcut un semn.

„Nu te mișca."

Ochii îi străluceau.

„Am avut ce am vrut. Nu reușeam să te părăsesc. Nu pot să-mi petrec viața așteptându-te, dar... Nimic. Trebuia să aud cuvintele astea două. Trebuia să-ți văd lașitatea. S-o pipăi cu degetele mele, înțelegi? Nu, nu te mișca... nu te mișca, îți spun! Nu te mișca! Acum trebuie să plec. Sunt atât de obosită... Dacă ai ști cât sunt de obosită, Pierre... Eu... nu mai pot..."

M-am ridicat.

„Mă lași să plec, spune? O să mă lași? Trebuie să mă lași să plec acum, trebuie să mă lași... Se înăbușea - Mă lași să plec, nu-i așa?"

Am consimțit.

„Dar știi că te iubesc, știi, nu-i așa?", am reușit să scot din gură.

S-a îndepărtat și s-a întors înainte de a trece pragul. M-a privit fix și a dat din cap într-o parte și în alta.

*

* *

Socrul meu s-a ridicat ca să omoare o gânganie de pe lampă.

Și-a turnat ce mai rămăsese din sticlă în pahar.

— Acum e gata?

— Da.

— Și n-ai alergat după ea?

— Ca-n filme?

— Da. Cu încetinitorul...

— Nu. M-am dus să mă culc.

— Să te culci?

— Da.

— Unde?

— Acasă, unde dracu'!

— De ce?

— O mare oboseală, o mare lehamite... Se împlineau deja mai multe luni de când eram obsedat de un copac uscat. La orice oră din zi și din noapte, visam că mă urc într-un copac uscat și că mă las să alunec în trunchiul lui scorburos. Iar căderea era domoală, domoală... ca și cum mă loveam de corola unei parașute. Mă loveam, cădeam mai jos și iar mă loveam. Mă gândeam tot timpul la asta. În ședințe, la masă, în mașină, când încercam să adorm. Mă urcam în copacul meu și mă prăbușeam.

— Depresie?

— Fără vorbe mari, te rog, fără vorbe mari... Știi bine cum se petrec lucrurile astea în familia Dippel, a ricanat el, ai spus-o adineaori. Nici umoare, nici secreție, nici fiere. Nu, nu puteam să-mi permit cu decență genul ăsta de capricii. Am făcut deci o hepatită. Era mai convenabil. M-am trezit a doua zi cu albul ochilor galben ca lămâia, greață de orice și urina închisă la culoare, scamatoria era gata. O hepatită urâtă la un om care călătorea, era de înțeles.

În ziua aceea m-a dezbrăcat Christine.

Nu puteam să fac nici cel mai mic gest... O lună întreagă am zăcut la pat, îngrețoșat și epuizat. Când mi-era sete, așteptam să intre cineva în cameră să-mi dea un pahar, și când mi-era frig nu aveam putere nici să trag pătura pe mine. Nu permiteam să se deschidă obloanele. Devenisem un bătrân. Bunătatea lui Suzanne, neputința mea, șușotelile copiilor, totul mă epuiza. Nu se putea oare închide ușa o dată și bine și să fiu lăsat singur cu durerea mea? Oare Mathilde ar fi venit dacă... Oare... Oh... Eram așa de obosit. Și amintirile, regretele și lașitatea mea mă doborau și mai tare. Cu ochii pe jumătate închiși, abia respirând, mă gândeam ce dezastru fusese viața mea. Fericirea fusese la doi pași și o lăsasem să treacă doar ca să nu-mi complic existența. Ar fi fost atât de simplu, totuși. N-ar fi trebuit decât să întind mâna. Restul s-ar fi aranjat într-un fel sau altul. Până la urmă totul se aranjează când ești fericit, nu crezi?

— Nu știu.

— Ba eu știu. Poți să mă crezi, Chloé. Nu știu multe, dar asta o știu. Nu sunt mai pătrunzător decât alții, numai că am de două ori vârsta ta. De două ori vârsta ta, îți dai seama? Viața, chiar și când o negi, chiar și când o neglijezi, chiar și când refuzi s-o accepți, e mai puternică decât tine. Mai puternică decât orice. Oamenii s-au întors din lagăre și au făcut copii. Bărbați și femei care fuseseră torturați, care îi văzuseră murind pe cei apropiați și își văzuseră casele incendiate au reînceput să alerge după autobuz, să vorbească despre vreme și să-și mărite fetele. E de necrezut, dar așa e. Și pe urmă, cine suntem noi ca să ne dăm atâta importanță? Ne agităm, vorbim tare și cu asta ce-i? De ce? Ce-i cu asta, la urma urmelor?

Ce mai face micuța Sylvie pentru care Paul a murit în camera de alături? Ce s-a mai întâmplat cu ea?

Focul se stingea...

S-a ridicat să mai pună un buștean.

Și eu, mă gândeam, eu unde sunt în toată treaba asta?

Unde sunt eu?

Stătea îngenuncheat în fața căminului.

— Mă crezi, Chloé? Mă crezi când îți spun că viața e mai tare ca tine?

— Sigur că da...

— Ai încredere în mine?

— Depinde în ce zi.

— Dar azi?

— Azi, da.

— Atunci ai face bine să te duci la culcare acum.

— N-ai mai văzut-o niciodată? N-ai mai încercat niciodată să afli vești despre ea? Nu i-ai telefonat niciodată?

A oftat.

— Nu ți-a fost destul?

— Nu.

— Am sunat la sora ei, bineînțeles, m-am dus chiar acolo, dar fără folos. Pasărea zburase... Ca s-o regăsesc ar fi trebuit să știu în ce emisferă s-o caut... Și pe urmă, promisesem s-o las în pace. E o calitate ce mi se poate recunoaște totuși. Sunt un jucător corect.

— E complet idiot ce spui acum. Problema nu era să fii jucător bun sau prost. Să știi sau să nu știi să pierzi. E complet debil ca raționament, debil și pueril. Nu era totuși un joc... Sau da? Era un joc?

Se bucura.

— Hotărât lucru, nu-mi fac griji pentru tine, draga mea. Nici nu-ți închipui cât te respect. Tu ești tot ce nu sunt eu, ești titanul meu și bunul tău simț ne va salva pe toți...

— Ești beat, nu-i așa?

— Glumești? Nu m-am simțit niciodată așa de bine!

S-a ridicat ținându-se de muchia șemineului.

— Hai să ne culcăm acum.

— N-ai terminat...

— Tot mai vrei să mă auzi trăncănind?

— Da.

— De ce?

— Pentru că îmi plac poveștile frumoase.

— Găsești că e o poveste frumoasă?

— Da.

— Și eu...

— Ai revăzut-o, nu-i așa? La Palais-Royal?

— De unde știi?

— Dumneata mi-ai spus!

— Zău? Am spus eu asta?

Am confirmat.

— Atunci o să fie ultimul act...

În ziua aceea invitasem niște clienți la Grand Véfour. Françoise organizase totul. Vinuri scumpe, bătăi pe umăr și vorbe afectate. Pusesem totul la bătaie. Era atâta vreme de când trebuia să mă înham și la asta... A fost o masă lipsită de orice interes. Totdeauna am urât chestiile astea. Să petrec ore întregi la masă cu inși de care puțin îmi pasă și să-mi toarne toate poveștile lor de la serviciu... Mai și treceam drept încuiatul care strică cheful bandei, din cauza ficatului meu. Foarte multă vreme n-am mai băut un strop de alcool și îi întrebam pe chelneri ce era în fiecare fel de mâncare. În sfârșit, vezi genul de om sâcâitor... Afară de asta, nu prea îmi place compania bărbaților. Mă plictisesc. Nimic nu s-a schimbat de pe vremea internatului. Filfizonii sunt mereu aceiași, la fel și zeloșii...

Aici ajunsesem cu viața mea, în fața ușii unui mare restaurant, cam greoi, cam sătul să-mi pregătesc încă un trabuc, visând la clipa în care voi putea, în sfârșit, să dau drumul la curea, când am zărit-o. Mergea repede, aproape că alerga, și trăgea după ea un băiețel bosumflat. „Mathilde?", am murmurat eu. Am văzut-o pălind. Am văzut cum îi fuge pământul de sub picioare. N-a încetinit. „Mathilde!", am repetat mai tare, „Mathilde!". Și am luat-o la fugă ca un hoț. „Mathiiilde!" Aproape urlam. Băiețelul a întors capul.

Am invitat-o să bem o cafea sub arcade. N-a avut puterea să refuze... Era încă atât de frumoasă. Mă sileam. Eram puțin stângaci, puțin prostănac, puțin glumeț. Era greu.

Unde trăia? De ce era aici? Să-mi vorbească despre ea. Spune-mi, cum o duci? Trăiești aici? Trăiești la Paris? Îmi răspundea în silă. Nu era în largul ei și își tot mușca lingurița. Oricum n-o ascultam, n-o mai ascultam. Mă uitam la băiețelul blond care adunase toate colțurile de pâine de pe mesele din jur și arunca firimituri la păsări. Făcuse două grămăjoare, una pentru vrăbii, alta pentru porumbei, și dirija lumea asta măruntă cu pasiune. Porumbeii nu aveau voie să mănânce firimiturile celor mai mici. „*Go away, you!*“, striga el, lovind cu piciorul, „*Go away, you stupid bird!*“. În momentul în care m-am întors spre mama lui și am deschis gura, ea mi-a retezat vorba:

„Nu te frământa, Pierre, nu te frământa. Nu are cinci ani... Nu are cinci ani, înțelegi?“

Mi-am înghițit vorbele.

„Cum îl cheamă?

— Tom.

— Vorbește englezește?

— Englezește și franțuzește.

— Mai ai și alți copii?

— Nu.

— Tu... Tu... Vreau să zic... trăiești cu cineva?“

A răcâit zahărul de pe fundul ceștii și mi-a zâmbit.

„Trebuie să plec acum. Suntem așteptați.

— Deja?“

Se ridicase.

„Pot să vă las undeva, eu...“

Și-a luat poșeta.

„Pierre, te rog..."

Și atunci m-am prăbușit. Nu mă așteptam deloc. Am început să plâng amarnic. Eu... Puștiul ăsta ar fi fost al meu. Eu ar fi trebuit să-i arăt cum să gonească porumbeii, eu ar fi trebuit să-i iau de jos puloverul și să-i pun șapca. Eu ar fi trebuit s-o fac. Afară de asta, știam că mă mințea! Avea mai mult de patru ani puștiul. Totuși, nu eram orb! Știam foarte bine că mă mințea. De ce mă mințea așa? De ce m-a mințit? Nu ai dreptul să minți așa! Nu... Plângeam în hohote. Voiam să-i spun că...

Și-a împins scaunul.

„Te las acum. Eu am plâns deja tot ce era de plâns."

— Și după aceea?

— După aceea am plecat...

— Nu. Vreau să zic, cu Mathilde, după?

— După, s-a terminat.

— De tot, de tot?

— De tot.

Lungă tăcere.

— Oare mințea?

— Nu. De atunci am devenit atent. L-am comparat cu alți copii, cu fetele tale... Nu, cred că nu mințea. Copiii sunt așa de înalți acum... Cu toate vitaminele astea pe care le puneți în biberoane... Mă gândesc câteodată la el. Trebuie să aibă aproape cincisprezece ani... Trebuie să fie mare de tot, puștiul.

— N-ai mai încercat s-o revezi niciodată?

— Nu.

— Și astăzi? Poate că ea...

— Astăzi, s-a terminat. Astăzi, eu... Nici nu știu dacă aș mai fi în stare să...

Deplia apărătoarea pentru foc.

— Nu mai am chef să vorbesc despre asta.

S-a dus să încuie ușa de la intrare și a stins toate lămpile.

Nu mă mișcam de pe canapea.

— Hai, Chloé... Ai văzut cât e ceasul? Du-te la culcare acum.

N-am zis nimic.

— Mă auzi?

— Dragostea e o porcărie, atunci? Asta e? Nu merge niciodată?

— Ba da, merge. Dar trebuie să te bați...

— Să te bați cum?

— Să te bați cât de puțin. Câte puțin în fiecare zi, să ai curajul să fii tu însuți, să te hotărăști să fii feri...

— Oh! cât de frumos e ce spui! Ai zice că e din Paulo Coelho...

— Bate-ți joc, bate-ți joc...

— Să fii tu însuți, adică să-ți părăsești nevasta și copiii?

— Cine spune să-ți părăsești copiii?

— Oh! Oprește-te. Înțelegi prea bine ce vreau să spun...

— Nu.

Am început iar să plâng.

— Hai! Du-te acum. Lasă-mă. Nu mai pot să-ți suport bunele sentimente. Nu mai pot. Mi-a ajuns până-n gât, domnule Jupuit de viu, mi-a ajuns până-n gât...

— Mă duc, mă duc. Dacă mă rogi așa de frumos...

Când să iasă din cameră, a spus:

— O ultimă poveste, pot?

Nu voiam.

— Într-o zi, e mult de-atunci, m-am dus la brutărie cu fetița mea. Se întâmpla rar să mă duc la brutărie cu fetița mea. Se întâmpla rar să-i dau mâna și încă și mai rar să fiu singur cu ea. Trebuie să fi fost într-o duminică dimineața, era multă lume la brutărie, oamenii cumpărau prăjituri cu spumă de căpșuni și torturi de înghețată. Ieșind, fetița mi-a cerut să-i dau colțul baghetei. Am refuzat. Nu, i-am răspuns, nu. Când o să fim la masă. Ne-am întors și ne-am așezat toți să prânzim. O familie simpatică. Pâinea am tăiat-o eu. Țineam la asta. Voiam să-mi țin promisiunea. Dar când i-am întins colțul, fetița i l-a dat fratelui ei.

— Păi, n-ai spus că-l vrei?...

— Atunci îl voiam, a răspuns ea desfăcându-și șervetul.

— Dar are același gust, am insistat, e același...

Și-a întors capul.

— Nu, mulțumesc.

Mă duc să mă culc, o să te las pe întuneric dacă asta poftești, dar înainte de a stinge aș vrea să pun o întrebare. Nu ți-o pun ție, nu mi-o pun mie, o pun la pereți:

— Oare fetița aceea încăpățânată n-ar fi preferat să trăiască lângă un tată mai fericit?

În colecția TOP 10+

au apărut:

21. Mihail Bulgakov, *Ouăle fatale • Diavoliada*
22. Gabriela Adameșteanu, *Dimineață pierdută*
23. Umberto Eco, *Numele trandafirului*
24. D.H. Lawrence, *Fii și îndrăgostiți*
25. F.M. Dostoievski, *Idiotul*
26. Mircea Nedelciu, Adriana Babeți, Mircea Mihăieș, *Femeia în roșu*
27. Michael Cunningham, *Orele*
28. Michel Houellebecq, *Platforma*
29. W. Somerset Maugham, *Vălul pictat*
30. Jorge Luis Borges, *Cartea de nisip*
31. Simona Popescu, *Exuvii*
32. Julio Cortázar, *Șotron*
33. Haruki Murakami, *În căutarea oii fantastice*
34. Mika Waltari, *Amanții din Bizanț*
35. Dan Lungu, *Sunt o babă comunistă!*
36. Mihail Bulgakov, *Inimă de câine. Însemnări pe manșete*
37. John Fowles, *Colecționarul*
38. Dai Sijie, *Balzac și Micuța Croitoreasă chineză*
39. Cecilia Ștefănescu, *Legături bolnăvicioase*
40. Giovanni Papini, *Un om sfârșit*
41. Edgar Allan Poe, *Cărăbușul de aur și alte povestiri*
42. Ismail Kadare, *Generalul armatei moarte*
43. Daniela Zeca, *Istoria romanțată a unui safari*
44. John Fowles, *Iubita locotenentului francez*
45. F.M. Dostoievski, *Frații Karamazov*
46. Ian McEwan, *Amsterdam*
47. Petru Cimpoeșu, *Simion liftnicul*
48. George Orwell, *Ferma Animalelor*
49. Ilf și Petrov, *America fără etaje*
50. Haruki Murakami, *La capătul lumii și în țara aspră a minunilor*
51. Cătălin Dorian Florescu, *Zaira*
52. Charles Bukowski, *Femei*
53. Jack Kerouac, *Pe drum*

54. N.V. Gogol, *Mantaua • Nasul • Însemnările unui nebun*
55. Nora Iuga, *Sexagenara și tânărul*
56. José Saramago, *Evanghelia după Isus Cristos*
57. Marguerite Yourcenar, *Ca o apă care curge*
58. John Kennedy Toole, *Conjurația imbecililor*
59. Filip Florian, Matei Florian, *Băiuțeii*
60. Michel Houellebecq, *Particulele elementare*
61. P.G. Wodehouse, *Greșeala lordului Emsworth*
62. Cezar Paul-Bădescu, *Tinerețile lui Daniel Abagiu*
63. F.M. Dostoievski, *Însemnări din subterană*
64. Iris Murdoch, *Marea, marea*
65. Günter Grass, *Toba de tinichea*
66. Oscar Wilde, *Portretul lui Dorian Gray*
67. Horia Ursu, *Asediul Vienei*
68. Elfriede Jelinek, *Pianista*
69. Jonathan Coe, *Clubul putregaiurilor*
70. Paul Auster, *Sunset Park*
71. F.M. Dostoievski, *Demonii*
72. Haruki Murakami, *Dans dans dans*
73. Radu Aldulescu, *Proorocii Ierusalimului*
74. Jorge Luis Borges, *Istoria universală a infamiei*
75. Daniel Pennac, *La căpcăunii veseli*
76. Chuck Palahniuk, *Fight Club*
77. Elif Shafak, *Bastarda Istanbulului*
78. F. Scott Fitzgerald, *Cei frumoși și blestemați*
79. Ștefan Agopian, *Tache de catifea*
80. Lev Tolstoi, *Anna Karenina*
81. Sylvia Plath, *Clopotul de sticlă*
82. Matei Vișniec, *Sindromul de panică în Orașul Luminilor*
83. Franz Kafka, *Metamorfoza și alte povestiri*
84. Tracy Chevalier, *Fata cu cercel de perlă*
85. Arturo Pérez-Reverte, *Tabloul flamand*
86. Kazuo Ishiguro, *Rămășițele zilei*
87. Varujan Vosganian, *Cartea șoaptelor*
88. Jorge Luis Borges, *Relatarea lui Brodie*
89. Ioan Groșan, *O sută de ani de zile la Porțile Orientului*
90. Truman Capote, *Mic dejun la Tiffany*
91. Naghib Mahfuz, *Băieții de pe strada noastră*
92. N.V. Gogol, *Suflete moarte*

93. Zeruya Shalev, *Soț și soție*
94. Dan Lungu, *Raiul găinilor*
95. Irving Stone, *Bucuria vieții*
96. Ryū Murakami, *Albastru nemărginit, aproape transparent*
97. Giovanni Papini, *Gog*
98. Cristian Teodorescu, *Medgidia, orașul de apoi*
99. Honoré de Balzac, *Femeia la treizeci de ani*
100. George Orwell, *O mie nouă sute optzeci și patru*
101. Umberto Eco, *Pendulul lui Foucault*
102. Octavian Soviany, *Viața lui Kostas Venetis*
103. José Saramago, *Eseu despre orbire*
104. Arthur Miller, *Moartea unui comis-voiajor*
105. Anchee Min, *Împărăteasa Orhidee*
106. Andreï Makine, *Testamentul francez*
107. Ioan T. Morar, *Lindenfeld*
108. Aldous Huxley, *Geniul și zeița*
109. Lev Tolstoi, *Sonata Kreutzer • Moartea lui Ivan Ilici*
110. Margaret Mazzantini, *Nu te mișca*
111. Daniela Zeca, *Demonii vântului*
112. W. Somerset Maugham, *Luna și doi bani jumate*
113. Kazuo Ishiguro, *Un artist al lumii trecătoare*
114. Lucian Dan Teodorovici, *Celelalte povești de dragoste*
115. Michael Ondaatje, *Pacientul englez*
116. Edgar Allan Poe, *Povestea lui Arthur Gordon Pym*
117. Dan Lungu, *Băieți de gașcă*
118. Haruki Murakami, *În noapte*
119. Elfriede Jelinek, *Amantele*
120. John Fowles, *Magicianul*
121. Ioan Petru Culianu, *Pergamentul diafan • Ultimele povestiri*
122. Ken Kesey, *Zbor deasupra unui cuib de cuci*
123. Gabriela Adameșteanu, *Provizorat*
124. Dino Buzzati, *O dragoste*
125. Boris Pasternak, *Doctor Jivago*
126. Tatiana Niculescu Bran, *Spovedanie la Tanacu*

127. Charles Frazier, *Cold Mountain*
128. Graham Greene, *Sfârșitul unei iubiri*
129. I.S. Turgheniev, *Povestirile unui vânător*
130. José Saramago, *Intermitențele morții*
131. F. Scott Fitzgerald, *Dincoace de Paradis*
132. Philippa Gregory, *Surorile Boleyn*
133. Thomas Mann, *Iosif și frații săi* (vol. I)
134. Thomas Mann, *Iosif și frații săi* (vol. II)
135. Thomas Mann, *Iosif și frații săi* (vol. III)
136. Johann Wolfgang von Goethe, *Afinitățile elective*
137. A.P. Cehov, *Logodnica. Schițe și povestiri*
138. Guy de Maupassant, *Un caz de divorț. Povestiri fantastice*
139. Eugene O'Neill, *Lungul drum al zilei către noapte*
140. Gustave Flaubert, *Un suflet curat • Legenda sfântului Iulian Ospitalierul • Irodiada*
141. Filip Florian, *Zilele regelui*
142. Maxim Gorki, *Copilăria*
143. Dino Buzzati, *Cele mai frumoase povestiri*
144. Graham Greene, *La drum cu mătușă-mea*
145. Amy Tan, *Clubul Norocoaselor*
146. Doina Ruști, *Zogru*
147. Alain-Fournier, *Cărarea pierdută*
148. Günter Grass, *În mers de rac*
149. Eiji Yoshikawa, *Musashi* (vol. I)
150. Eiji Yoshikawa, *Musashi* (vol. II)
151. A.S. Pușkin, *Dama de pică și alte povestiri*
152. Radu Aldulescu, *Amantul Colivăresei*
153. F. Scott Fitzgerald, *Un diamant cât Hotelul Ritz și alte povestiri*
154. José Saramago, *Peștera*
155. Saul Bellow, *Trăiește-ți clipa*
156. Simona Sora, *Hotel Universal*
157. Virginia Woolf, *Doamna Dalloway*
158. Franz Kafka, *America*
159. Raymond Radiguet, *Neastâmpăr*
160. Ilf și Petrov, *Atitudine nepăsătoare față de stomac și alte povestiri*
161. Helen Fielding, *Jurnalul lui Bridget Jones*
162. Cătălin Dorian Florescu, *Vremea minunilor*
163. María Dueñas, *Iubirile croitoresei*
164. Dino Buzzati, *Monstrul Colombre și alte cincizeci de povestiri*

165. Umberto Eco, *Cimitirul din Praga*
166. Haruki Murakami, *Kafka pe malul mării*
167. Ian McEwan, *Ispășire*
168. Bogdan Suceavă, *Venea din timpul diez*
169. Joseph Conrad, *Inima întunericului*
170. Michel Houellebecq, *Posibilitatea unei insule*
171. Émile Zola, *Greșeala abatelui Mouret*
172. Lucian Dan Teodorovici, *Matei Brunul*
173. Haruki Murakami, *După cutremur*
174. Tracy Chevalier, *Simetria de temut*
175. Shusaku Endo, *Samuraiul*
176. Iris Murdoch, *Oameni buni și oameni de bine*
177. Cătălin Dorian Florescu, *Jacob se hotărăște să iubească*
178. Elif Shafak, *Cele patruzeci de legi ale iubirii*
179. Henry James, *Daisy Miller • O coardă prea întinsă*
180. Haruki Murakami, *Cronica păsării-arc*
181. Aldous Huxley, *Punct contrapunct*
182. Florin Lăzărescu, *Trimisul nostru special*
183. Jeffrey Eugenides, *Sinuciderea fecioarelor*
184. José Saramago, *Călătoria elefantului*
185. Chinua Achebe, *O lume se destramă*
186. John Fowles, *Mantisa*
187. Marin Mălaicu-Hondrari, *Apropierea*
188. Shan Sa, *Jucătoarea de go*
189. Venedikt Erofeev, *Moscova-Petușki*
190. Kingsley Amis, *Jim cel norocos*
191. Magda Cârneci, *FEM*
192. Mihail Bulgakov, *Maestrul și Margareta*
193. José Saramago, *Eseu despre luciditate*
194. Dan Lungu, *În iad toate becurile sunt arse*
195. Edith Wharton, *Vârsta inocenței*
196. Margaret Atwood, *Ochi-de-pisică*
197. Irving Stone, *Comoara grecilor*
198. Dora Pavel, *Agata murind*
199. Evgheni Zamiatin, *Noi*
200. Gellu Naum, *Zenobia*
201. Jeffrey Eugenides, *Middlesex*
202. Vasili Grossman, *Panta rhei*
203. Matei Vișniec, *Cafeneaua Pas-Parol*
204. Harper Lee, *...Să ucizi o pasăre cântătoare*
205. Anna Gavalda, *Împreună*

206. Marcel Proust, *Sfârșitul geloziei și alte povestiri*
207. Haruki Murakami, *Iubita mea, Sputnik*
208. Chuck Palahniuk, *Bântuiții*
209. Kenzaburō Ōe, *17*
210. Alexandru Ecovoiu, *Saludos*
211. Haruki Murakami, *La sud de graniță, la vest de soare*
212. Irvine Welsh, *Porno*
213. Joseph Heller, *Catch-22*
214. Bernhard Schlink, *Evadări din iubire*
215. Margaret Atwood, *Asasinul orb*
216. Amin Maalouf, *Scările Levantului*
217. Yann Martel, *Viața lui Pi*
218. Octavian Paler, *Viața pe un peron*
219. Bret Easton Ellis, *American Psycho*
220. Kenzaburō Ōe, *J. Ființa sexuală*
221. Willa Cather, *Ántonia mea*
222. Anna Gavalda, *O iubeam*

în pregătire:

F. Scott Fitzgerald, *Strania poveste a lui Benjamin Button și alte întâmplări din epoca jazzului*
Irvine Welsh, *Trainspotting*

www.polirom.ro

Coperta: Carmen Parii
Tehnoredactor: Vasilica Zevoi

Bun de tipar: august 2014. Apărut: 2014
Editura Polirom, B-dul Carol I nr. 4 • P.O. BOX 266
700506, Iași, Tel. & Fax: (0232) 21.41.00; (0232) 21.41.11;
(0232) 21.74.40 (difuzare); E-mail: office@polirom.ro
București, Splaiul Unirii nr. 6, bl. B3A,
sc. 1, et. 1, sector 4, 040031, O.P. 53
Tel.: (021) 313.89.78; E-mail: office.bucuresti@polirom.ro

Tiparul executat la S.C. LUMINA TIPO s.r.l.
str. Luigi Galvani nr. 20 bis, sect. 2, București
Tel./Fax: 211.32.60, 212.29.27, E-mail: office@luminatipo.com

Contravaloarea timbrului literar se depune în contul
Uniunii Scriitorilor din România
Nr. RO44RNCB5101000001710001 BCR UNIREA